怪人们

东野圭吾 著
尹月 译

上海文艺出版社

图书在版编目(CIP)数据

怪人们/(日)东野圭吾著;尹月译. —上海：上海文艺出版社,2015
ISBN 978-7-5321-5787-7

Ⅰ.①怪… Ⅱ.①东… ②尹… Ⅲ.①短篇小说-小说集-日本-现代 Ⅳ.①I313.45

中国版本图书馆CIP数据核字(2015)第148324号

《AYASHII HITOBITO》

© Keigo Higashino 1998
All rights reserved.
Original Japanese edition published by Kobunsha Co., Ltd.
Publishing rights for Simplified Chinese character arranged with Kobunsha Co., Ltd. through KODANSHA LTD., Tokyo and KODANSHA BEIJING CULTURE LTD. Beijing, China.

著作权合同登记号　图字:09-2015-450

责任编辑：余雪霁
特约策划：陶媛媛
封面设计：汪佳诗

怪人们
〔日〕东野圭吾 著
尹 月 译
上海文艺出版社出版、发行
地址：上海绍兴路74号
新华书店经销　上海利丰雅高印刷有限公司印刷
开本890×1240　1/32　印张6　字数105,000
2015年9月第1版　2018年10月第13次印刷
ISBN 978-7-5321-5787-7/I・4615　定价:45.00元

目录

沉睡的女人　1

"让我再听一次你的判罚"　27

至死方休　51

蜜月之旅　75

灯塔之上　99

新婚照之谜　125

哥斯达黎加的冷雨　155

解说　181

 沉睡的女人

1

说起来，我能挣到些外快，还多亏了片冈那家伙的好色之心呢。此事说来话长，且听我慢慢道来。

片冈与我同时被招进这家公司，但我们分属不同部门。我是资材部的，他则是经理部的。

我们公司生产家电产品，规模很小，几乎不为人知，只是某一家名牌企业的承包商而已。大概只有在秋叶原的廉价店铺里才能看到我们公司的名字。

我所在的资材部主要负责接受制造部和技术部的委托，为客户提供材料和设备的订购服务。因为常常和钱打交道，所以办公场所与经理部毗邻。也正是因为如此，才与片冈相识并结为好友。

三月十日那天，片冈突然凑到我的办公桌前，说："我有件事想拜托你一下。"这家伙一摆出这副谦卑的模样，我就得小心应付了。

我正忙着埋头填写机油的订购单,没空搭理他,只是微微抬头朝他瞟了一眼:

"要想借钱可别来打我的主意。我那辆车的贷款还没还完呢。"

片冈不知从哪里拖来一把椅子,一屁股坐在我的办公桌前。

"你就放心吧,我还没沦落到要问你借钱的穷酸地步呐。"说着,他鬼鬼祟祟地朝四周打量了一下,凑近我耳边说道:"我想问你借房子。"

"房子?谁的房子?"

"当然是你的。"片冈朝我胸前戳了一下。

"我的房子?干吗用?"

这家伙的目光又朝四下里乱飘了一阵,才道:"为了过白色情人节嘛。"

"白色情人节?"

"你不会连这个都不知道吧?就是情人节的回礼日——"

"我当然知道。你那天有什么打算?"

"当然是有个约会啊。"

"嗯,那不是好得很嘛。"

我兴味索然。片冈自称花花公子,老是在我面前吹嘘他在学生时代如何成功地虏获了一百来号女孩子。

"喂,你不是想借我的房间和女孩子约会吧?"我停下手中的工作,瞪着片冈。

"就是这个意思。"他谄笑道。

"开什么玩笑?凭什么要我为了你的私生活让出自己的房子?

去宾馆开房不就成了？在餐馆吃顿晚餐，送她点礼物，再找家高级宾馆过上一夜，白色情人节不就是这样的过法？我倒是无福消受的。"

片冈环抱双臂，向我探过身子。

"你说的那些都是泡沫经济时代的老黄历了，现在的男人可没那份实力。加班费没了，年底分红也都改为实物支付了，你以为还能像从前那样奢侈？"

他清了清嗓子，接着说：

"总之现在是时过境迁了。而且，有些女孩子还偏偏就不喜欢去宾馆呢。"

"怎么说？"

"嗯，反正就是那些未经人事的女孩子啦。"

"啊，我想起来了，你现在的女友是我们部门的广江吧？"

听了我的问话，片冈扭曲着薄唇微微一笑。

"是啊。我只喜欢处女哦。"

"哎哟。"我终于忍不住呻吟了一声。

叶山广江与我同属一个部门，在年轻女职员当中算得上首屈一指的美女，我也有些心动。可是她大小姐派头十足，不易亲近，只好作罢。

"所以说嘛，"片冈把一只手搭到我的肩膀上，"白色情人节的约会，我得找个能让她放松的地方，不是吗？所以才来拜托你啊。"

"在你自己家里不就得了？"

"喂喂，你忘了我是和父母一起住的吗？怎么好把女孩往家里带？"

"这倒也是。"

"那就一言为定。当然啦,我是不会亏待你的。借住一晚上三千块,不,五千块,你看怎么样?"

五千元可不是一笔小数目,再说朋友的请求也不好拒绝,我终于勉强答应下来。

"真拿你没办法。那好吧,我同意了。"

片冈顿时笑逐颜开,握住我的手。

"那可多承你的情啦,关键时候还是你能帮上忙!"

"少来这一套,"我说,"你小心点,别把床单给我弄脏了。"

"你就放心吧。"片冈说着,诡秘地笑了起来。

白色情人节那天,我在公司把公寓的备用钥匙交给了片冈。

"房间我已经打扫干净了。"

"多谢多谢。我就怕房里乱成一团呢。"接过钥匙,片冈从钱包里拿出五千元递给我,"房门上的名牌怎么办?"

"放心吧,我已经摘掉了。夜里应该不会有人送信上门,不过你还是小心点为好。还有,早上七点以前给我出去,我还要做上班的准备呢。"

"知道知道。嗯,还有……"片冈压低声音说道:"那个东西你放在哪儿啦?"

"那个东西?"

"就是那个,我不是让你替我准备好的嘛。"这家伙捏起食指和大拇指做成了圆圈。

"啊,是了,"我点点头,"在电视机旁边的柜子里。还没开封,所以你用了几个我可是清清楚楚的。五百块一个哦。"

"知道啦。"

片冈应了一句，摆出一副谈毕公事的样子，回自己办公桌上去了。

叶山广江和他擦身而过，来到我面前。

"川岛先生，制造部那边有信给您。"她说着，把一封信放在我桌上。除了日常工作之外，她也常常帮我打理一些杂事，非常得力。其他部门的女职员总拿男女平等当挡箭牌，绝对不肯屈尊供我差遣。在这一点上，广江与她们形成了鲜明对照。

"多谢你啦。"

我道了谢，她微笑着说了一句"不客气"，露出两颗虎牙，显得非常温柔可亲。这么好的女孩子却成了片冈那家伙的俘虏，我在心里暗暗替她叫屈。

当晚，我驱车来到附近一家家庭餐馆的停车场，在车里窝了一夜。我开的是一辆小面包车，后座上常备毛毯，足以御寒。然而，购买这种车型本来是为了单枪匹马闯荡天下用的，如今却派上了这种用场，实在是难为情。

次日清晨七点，我回到家。屋内的空气热烘烘的，还有一点湿漉漉的感觉，与户外截然相反。安全套少了两个，一张千元纸币折得小小的塞在盒子里。垃圾箱里也塞满了揉成团的纸巾。我的脑海中浮现出叶山广江的面庞，只觉得心里憋得慌。

2

打那以后，片冈又向我借了几次房子。

"你也别老问我借啊，偶尔去去宾馆不好吗？"

听我这么说，片冈夸张地皱起眉头。

"你怎么还是不明白呢。女人可是一种奢侈的生物，要是去惯了宾馆那还了得？再说，你的房子挺不错的，广江满意得很呢。"

"你和她说明这个房子是谁的啦？"

"我当然说是我的，还说这是我的小别墅，平时不常住，专供约会用的。有时候下班晚了，我就把钥匙给她，让她先在屋里等我。不过你也别操心，我跟她说好了，让她别随便乱碰屋里的东西。"

"那还差不多。"说着，我递过钥匙，又接过五千元纸币。

过了几天，采购部的本田和总务部的中山也来问我借房，都说是从片冈那儿听来的。

"能趁机赚点零花钱有什么不好？就像杰克·雷蒙那样，说不定还会好运临门呢。"

面对我的质问，片冈满不在乎地说。

"杰克·雷蒙是谁？"

"是《出借公寓钥匙》那部电影的男主角。他本来只是一个平庸的小角色，在公司里一点也不起眼。就是因为他常把自己的公寓借给上司作为和情人幽会的场所，居然渐渐成了个人物。"

"你们这帮家伙可都只是普通职员啊？"

"咱们现在虽然一文不名，今后说不定也会出人头地呢。"

"要真是那样就好啦。"我说。

转眼之间，这桩房屋租赁买卖已经持续了三个多月。这天，我照例在家庭餐馆的停车场里迎来了早晨。我已经连续三天没在自己的床上睡觉了。昨夜是片冈，之前两夜则是本田和中山轮番使用，生意兴隆得很。

我揉着睡眼开车返回公寓，掏出钥匙开门进屋。室内热烘烘的，空调呼呼地送着暖气。

"片冈这小子，看来得问他收电费了。"

我嘀咕了一句，忽然发现床上有什么东西在动。我吓了一跳，仔细看去，更是大吃一惊，只见一个陌生的女人正躺在那里。

在那一刹那，我还以为自己误闯入别人家了呢，赶紧四下打量了一番。好几天没回家了，记忆竟然有些模糊不清起来。但这里自然是我家无疑，否则钥匙怎么能打开房门呢？

大概是片冈把这女人扔在这里，自己先行离开了吧。这家伙，除了叶山广江之外，居然还另有交往对象呢。

我走上前去，推推那女人的肩膀。

"喂，你起来，时间已经到啦。"

那女人没反应。不会是死了吧，我紧张起来，但随即便感觉到了她身上的体温。又推了几下，她终于微微睁开眼睛，猛地弹坐起来。

"你是谁？"

她把毛毯拉到胸前，用防范害虫似的眼神警惕地瞪着我。我也说不上是哪儿，总之她和年轻时的好莱坞女星梅格·瑞恩很是相似。

"我是这房子的主人。"我说。

"这个房子的？"她环顾室内。

"我可不是撒谎。证据嘛，就是这把钥匙。"我把钥匙在她面前哗啦哗啦地晃了几下，"我只是为了挣点外快才把房子借给朋友的。我们说好只从晚上十点借到早晨六点的。现在嘛——"我抬起腕表看了看，顿时睁大了眼睛，"完了，再不抓紧就要迟到了。总而言之，预定的时间已经超过了，请你这就走吧。额外的费用我再去问片冈要就是了。"

"片冈？那是谁啊？"女人皱着眉头问道。

"片冈就是把你带到这里的男人啊，你昨晚不是和他一起过的吗？"

"我可不认识那个人啊。"

"不认识？这怎么可能。"

"就是不认识嘛。"女人撅起嘴。

"那你昨晚是和谁一起过的？是谁把你带到这儿来的？"

"谁……"她想了一会儿，茫然若失地看着我，"我也不知道啊。"

我头疼起来。

"你怎么连这个也搞不清楚？难道你是一个人来的？"

"这个，倒也不是……"她一手托着下巴，歪头沉思，"原来我是被什么人带到这里来的？"

"是啊，所以我就问你是谁嘛。"

"这个嘛，我只记得在哪儿喝了酒，有人来跟我搭话，后面的事情就记不清了。"

女人把手指插进短发里，噌噌噌地挠了几下，突然像是想起什么似的盯着我："我记得好像是你嘛。"

我险些绝倒。

"你别胡说八道，我昨晚可是在车里猫了一夜呢！"

"可这是你家没错吧？"

"这倒不假。"

"既然如此,难道不是你把我带到这里来的?"

"我不是说了嘛,我把房子借给了……"

要想解释清楚还真不容易,这回可轮到我挠头了,"算了,不管你的男友是谁,都和我没关系。现在请你赶紧离开我家吧。"

听了这话,女人叽里咕噜地转了转大眼睛,身子在毛毯里扭动了几下,突然"啊"了一声。

"怎么了?"我问道。

她缓缓地朝我看了一眼:"糟——了……"

"到底怎么了?"我凑近一步。

"你别过来!"女人尖锐地说。

"怎么了,我就是想问问你出什么事了?"

女人沉默了片刻,抬起头来小声说:"我可不能就这么走了。"

"你说什么?"

"昨夜好像没戴那个就做了。"

"什么?"

我话一出口就明白过来,打开柜子查看了一下安全套的数量,果然并未减少。

"这和你赖在我这儿不走有什么关系?"

"因为啊,"女人磨蹭了一会儿才说,"昨天可是不折不扣的危险日呢。"

"危险?啊……原来如此。"我用食指搔了搔脸颊,"那可真是不走运哪。不过嘛,这怎么说也和我没关系啊。"

"我要是连对方是谁都不知道就这么走了,要是怀孕了怎么办？"

"你问我，我去问谁？和某个男人共度良宵的可是你啊。"

"但肯定是你的朋友吧？"

"那倒是，我估计就是片冈那家伙干的。"

"那你就去查查看嘛。我要是不知道真相可是不会走的哦。"女人坐在床上，裹紧了毛毯。

我连肚子都疼了起来。

"凭什么要我去查出你的约会对象？"

"因为我没有其他人可以拜托了嘛。你要是无论如何也不肯帮我，我可要大叫了，就说是你把我拐到这里来的。"

"开什么玩笑。你要是这么做，我可就要被房东撵走啦。"

"所以你就按我说的做嘛。"

我双手叉腰，低头看着她，叹了口气。

"说到底还是你自己不好，随随便便就跟素不相识的男人过夜。"

"我有什么办法嘛。每次一喝醉酒，脑子里就一片空白。"女人傻笑起来。

你清醒的时候不也是傻头傻脑的？我话到嘴边，又咽了下去。

"真是拗不过你啊。好吧，我这就想法帮你找到昨晚那个男人。找到之后会马上联系你的，你回自己家里等吧。"

"你这话一听就是在敷衍我呢。这可不行，我不走。"女人又把头埋进了毛毯。

我呻吟了一声，虽然很想继续劝说，但再磨蹭下去，上班铁定是要迟到了。我只好气呼呼地收拾行头准备出门。衣服好几天都没换了，袜子臭不可闻，我随手往垃圾箱里一扔，从衣柜里另外翻出一双新的换上。这时，女人又从毛毯中探出头来。

"你去上班？"

"是啊。"

"哪家公司？"

我告诉了她。

"没听说过嘛。"女人小声说。

"那可对不住。"

"这条领带一点也不适合你呢。"

"你少啰嗦！"我吼了一声，"你一定要赖在这里我也没办法，不过等找到那个男人以后一定要给我出去，还不能被邻居看到，听见没有？"

"我可以吃冰箱里的东西吗？"

"可以啊，请便。对了，你叫什么？"

"宫泽理惠子。"

"我怎么听着不像真名……你没骗我？"

"没有没有。"女人像被上了发条似的左右摇晃着脑袋。

"真是的，我怎么会遭这种罪呢？"我蹲在玄关穿鞋，嘴里发着牢骚。

"你走好——"女人从毛毯中伸出手来挥了挥。

我走出房间，粗暴地带上了门。

3

到了公司以后，我趁便把片冈叫到开水房。

"对了,这个还给你。"片冈从口袋里掏出我昨天借给他的钥匙。

我一把夺了过来,向他怒目而视。

"你带谁去我那里我管不着,但你不能给我添麻烦!我以后再也不把房子借给你了!"我强硬地说。

片冈眨巴眨巴眼睛。

"出什么事儿啦?你好端端的发什么脾气啊?"

"不就是你昨天带去我家的那个女人嘛,可让我头疼了。"

"女人?你肯定是搞错了。昨天广江不巧有点急事,没法赴约,我好不容易才借到的房子根本就没用上。"

"那昨晚是谁在我那儿过的夜?"

我紧紧盯住他的脸,想知道他有没有说实话。

"到底怎么了?"片冈担心地问。

我把那女人的情况简单解释了一下。片冈听得睁圆了双眼,随即连连摇头。

"那可不是我啊。昨夜的约会吹了以后,我直接就回家了,不信你问我家里人好了。"

"那拿着我家钥匙的总是你吧?还是你把钥匙借给别人了?"

"我谁也没借啊。"

"那就怪了,除了你之外,还有谁能进到屋里去?"

"真的不是我,不是我啊!我是无辜的。"片冈脸色都变了,拼命否认。忽然,他打了个响指,说:"我知道了!肯定是哪个家伙配了你家的备用钥匙,想趁你不在家的时候偷偷上门呢。这样一来,还能把那五千块钱给省了不是?"

我沉吟片刻,又说:"就算是这样吧,那家伙又是怎么知道我家昨晚正好没人的?"

"说的是啊。"片冈环抱着胳膊,陷入沉思。

"你昨天都跟谁说了约会取消的事?"

"这种事多没面子,我怎么会到处乱说。"

"那你说这到底是怎么回事?"

"我觉得本田有点可疑。"片冈重重地点了几下头,肯定地说,"嗯,错不了。那家伙就喜欢在迪斯科舞厅跟看上去挺轻佻的女人调情,一看就是能干出这号缺德事的主儿。"

"你把借过我房子的人全部叫来。"我下了决心,"大伙儿在一块儿对质,肯定能看出是谁在撒谎。"

"但愿如此吧。"片冈慎重地点点头。

我回到座位上,往公寓打电话。可接连拨打了好几次都是占线。我不满地咋了一下舌:这个女人,怎么可以这样随便使用人家的电话?真是讨厌呐。

我正焦躁不安地用手指敲着桌子,忽见叶山广江走了过来,我赶紧叫住了她。

"我想问你一件事,你昨天和经理部的片冈有约吧?"

广江微微一惊,随即有些害羞地低下头,眼眶发红。

"片冈先生连这种事都和朋友们说吗?"

"不是不是,"我拼命否认,"不是那家伙到处吹嘘,而是我硬逼着他说的。那个……"我干咳了一声,"好像是你取消那个约会的吧?"

"嗯?是啊……"广江轻轻地点了点头,"因为我正好有点急事。你问这个干什么?"

"啊,也没什么大不了的,只是随便问问。"我舔舔嘴唇,

"你有没有和其他人提过这事?"

"没有啊。"她的目光中流露出非常怀疑的神色。

"你到底想知道什么?是片冈先生说了什么?"

"没有,没这回事。你没和别人说就好啊。"

我挥挥手,挤出一丝笑容,勉强掩饰过去。

午休时分,片冈、本田和中山齐聚在食堂的一处角落,听我说了那个女人的事。

"我可不认识那个什么女人。"本田先开了腔,"既然昨天借房子的是片冈,可不就是片冈的女人吗?"

"我早就说了不是我嘛,"片冈立即予以否认,"大概是谁偷偷配了备用钥匙进屋的吧?说不定就是要陷害我呢。"

"陷害你有什么好处?"中山用手仔细梳理了一下油光水滑的三七开发型说道。

"这我怎么知道?你去问她本人吧。"片冈说。

"总而言之,这事儿肯定不是我干的。"本田夸张地扭了一下身子,"我确实常常拈花惹草,有时候趁着醉酒,连对方的脸都不看清楚就上去调情。但是,我牢记厚生省的教导,绝对不会不使用安全套就胡乱发生关系,绝对不会。"他滔滔不绝地说了一阵子,还把桌子敲得砰砰作响。

"唔。"我陷入了沉思。这三个人确实不是那种不戴安全套就随便发生关系的人。

"喂,我说川岛,"中山疑惑地看着我,"你真的不认得那个女的?"

"你这话是什么意思?"

"我看,多半是那女人以前和你有过一段情,对你念念不忘,老想着要和你再续前缘吧。"

"绝对没那回事。"我猛烈摇头,"如果真是那样,我还问你们干嘛?我和那女人可是萍水相逢呐。这是其一,"咽了一口唾沫,我接着说,"其二,我过去可从来没有被什么女人恋上过啊。"

三人同情地看着我,脸上都浮现出"这话说的也是"的表情。

"我有个好主意,"我说,"把你们的工作证都借我一下。"

"工作证?那东西你要了干嘛?"片冈问。

"证上不是有照片吗?我拿去给那女人辨认一下,说不定能让她想起些什么。"

"好啊,这样就可以证明我的清白了。"中山先摸出工作证递给我。

"这是我的。"

"就查到你满意为止吧。"

另外两人纷纷效仿。

4

这天不用加班,我直接回了公寓。一进门,就看见那个女人正坐在床上,嚼着薯片看电视。

"回来啦。"女人紧紧盯着电视机说,"找到我的约会对象了?"她根本就不知道我寻寻觅觅的辛苦,一副满不在乎的模样。

我上前关了电视,把三张工作证并排放在床上。

"你好好看看,应该就在这三个人里面。"

"嗯——"

女人瞥了一眼,"啊"了一声,拿起其中一张——是本田。

"是这个家伙?"我问道。

"不是,"她摇摇头,"这就是我喜欢的类型啊。这个人我倒是没见过。"

"我又没问你喜欢什么样的,是在问你昨晚和谁一起过的夜!另外两个呢?"

"嗯……我也不知道啊。"

"你再给我好好看看。"

"说了人家不记得了嘛——"

女人拿起手边的遥控器,又打开了电视。这会儿正在播一档傻乎乎的综艺节目,她看得哈哈大笑。

我的头又开始疼了。

"喂,算我求你,你还是别在我这儿待着了吧!你要是真的怀了孕再找那个男人也不迟啊,到时候我也会帮忙的。"

"那怎么行?过了那么长时间不是更难找了吗?"女人说着,又把手伸进了薯片口袋。

"那你也不能一直赖在我这儿吧!你的家人或许正在担心呢。"

"啊,这个不用你操心,我刚给家里打过电话,就说今晚也睡在朋友家。"

"今晚我还准备睡这儿呢!和一个大男人单独呆在一起你就不害怕?"

听了这话,她朝我看了一眼,意味深长地嘿嘿笑了起来。

"你这么说,就是对我有意思了?"

"没那回事。"

"你要是对我不轨,就说明昨晚的事是你干的。牢牢记住这一点哦!"她说完以后,目光又回到电视上,尖声大笑起来。

我也不换衣服,重新穿上了鞋。

"你到哪儿去?"女人问道。

"我饿了,出去买个便当什么的。"

"那也顺便帮我带一个吧,我还要炸鸡翅哦。"

我叹了口气,带上门出去了。

是夜,我被迫让那女人留在了家中。她睡在床上,我打地铺。她的睡相很差,时不时蹬开毛毯,露出雪白的大腿,搞得我好几次欲火上升,一夜都没怎么睡好。

早晨,我灌下一杯浓浓的咖啡,准备去上班。再不从房间里出去,我就要精神失常了。那女人还在呼呼大睡,一副天不怕地不怕的模样。

我换好鞋子,忽然想起今天是周四,正是扔垃圾的日子,就又脱了鞋回进屋里。昨夜吃剩下的便当盒把黑色塑胶袋塞得满满当当的。我再往下翻翻,却见只有一点纸屑和昨天扔掉的袜子。

那一刹那,我脑中突然闪过一个念头,觉得似乎有什么事情不大对劲。但凝思半晌也想不起到底是哪里出了差错,只得悻悻地提着垃圾袋,出门上班去了。

我扔了垃圾,向车站走去,一路走一路思索。症结已经浮现,却又抓之不住,我心中难以释然,却又无可奈何。

到了车站,我从上衣口袋里拿出交通卡,却把一样白色的东西带了出来,掉在地上。原来是一团纸巾。我弯腰捡了起来,朝附近的垃圾箱走去。

就在那一瞬间,我突然想通了那件一直叫我牵肠挂肚的事,不禁倒抽一口冷气。

原来是那个家伙干的。

我从原路折了回去。

5

这时已是上午十一点了。

我把车停在路边,监视着自己的公寓楼。更准确地说,是监视进出公寓楼的人。至于公司那边,我撒谎说身体不适告了假。

这回可一定要逮住你的狐狸尾巴——我一眨不眨地盯着入口处。

让我恍然大悟的正是那些垃圾。

那个自称宫泽理惠子的女人说是前天夜里喝醉酒被男人带到我家,还发生了性关系。但如果此话属实,垃圾箱里应该塞满纸巾才对。更何况那女人是不可能清理垃圾箱的,我昨天早晨扔掉的袜子还在原处呢。

凭此证据,我推断这个女人是在撒谎。她不是被什么男人带来的,而是自己找上门来的。

那么,她为什么要编造这种谎言呢?她到我家来到底是出于何种目的,又为何赖在这里不肯离去呢?我与她素不相识,她显然并不是冲着我来的。

这样说来,想必就是"待在房间"这个举动本身具有某种含义了。

难道她是想把什么重要的邮包送到我这儿,所以才必须等在房中,坚守不出?这座公寓楼的信箱统一设在一楼的入口处,平信一般都投在那里。所以那女人等待的应该是快件或挂号一类的信件。

十一点二十分左右,那个戴着眼镜,身材矮小的邮递员终于现身了。我凝视着他的动作,却见他只是往信箱里分发一些平信,根本没有带来我想象中的神秘邮包。

莫非我的猜测出了差错?正当我垂头丧气地趴在方向盘上时,一辆小型客货两用车突然停在我前方的大道上。一个年轻男子从车上下来,打开后备箱,里面堆满了大大小小的纸箱。

难道他是送货上门的?——我直起上身,密切注视着他的举动。

果然不出我所料,只见那名男子把两个大纸箱叠起来,双手抱起。纸箱似乎相当沉重,他有些站立不稳,踉踉跄跄地走进楼里。

我从车窗探出身子,密切注视着公寓楼的第二层,我家的房门正是从左边数过来的第二扇。那扇门开了片刻又关上了。不一会儿,送货员两手空空地走了出来。

那个女人原来就是在等这件东西!

那是什么东西?为什么要送到我家来?我正在苦苦思索,却见我家的房门再度开启,我赶紧返身缩回车内。

这回出来的是那个女人,她浓妆艳抹,肩上挎了一只小包,并未携带适才送来的那两箱东西。我望着她的背影渐渐远去,赶紧下了车,上楼回到自家门前。

门居然锁上了。我心中暗暗纳罕:这房子仅有的两把钥匙这会儿都在我手中,那女人是怎么把门锁上的?

我掏出钥匙开门,进到屋里,只见玄关处正并排放着刚才那个送货员费了好大功夫搬进来的纸箱。

我蹲下身,查看箱子上贴的发票。收件方正是我的地址,还写着"宫泽商会"这样莫名其妙的名字。而发件方——

竟然是我的公司。

6

下午一点刚过,我来到公司,同事们看到我都很奇怪。

"你怎么来了,不是感冒发烧了吗?"股长问道。

"是啊,但我休息了一上午,觉得好多了。考虑到还有很多工作没有完成,所以就又过来了。"

"嗯,你倒是挺认真的,不过要小心别把感冒传染给别人啊。"股长说着,像赶苍蝇似的冲我挥挥手。

我回到座位上,开始用电脑调查起来。无意间抬起头来,却看到叶山广江正远远地朝我这边凝望,我装作没看见,继续干活。

查完以后,我又打了两通电话。随后从座位上站起身来,去找叶山广江。她正站在复印机前,还在注视着我。我们两人的视线叮地一声撞在一起。

我向她递了个眼色,先走了出去。在走廊里等了片刻之后,她也出来了。

"我们到楼顶平台上去吧。"我提议。

她默默无言地点了点头。

今天是个艳阳天,平台上没有一丝风。我转向广江:

"这会儿那东西可是在我手里哦。"我竭力装出一副若无其事的样子。

她盯着我的眼睛看了一会儿,浅浅地笑了。

"果然是这样啊,我估计得不错。"

"那个女人跟你联系了?"

"中午刚过的时候,她打电话告诉我,说是出门去叫车想把东西搬走,回来却发现东西已经没了。我一听到这儿就猜出肯定是川岛先生做的手脚,因为你今天突然请了假。"

"我在公寓楼前监视着呢。"

广江开玩笑似的耸了耸肩。

"直美还说已经把你引入圈套了呢,这不是露馅了嘛。"

"直美,就是那个女人?"

"没错。"

"我确实被她骗了,不过只到今天早上为止。"我朝远处凝望片刻,目光又回到她脸上,"你这样做到底是为了什么?"

广江没有立即回答,而是移开了目光,嘴边挂着一抹意味深长的笑容。

那两个纸箱里各装了一瓶二十升装的甲苯。我一打开纸箱,便明白了其中的机关。有人想把这两瓶甲苯从公司里偷带出去,但考虑到单凭自己的力量做不到这一点,所以才想出了假借公司名义往一个凭空捏造的事务所送货这个办法。

而这个被凭空捏造出来的事务所,恰恰就是我家。

之所以想到干这事的人是叶山广江,理由有三。其一,片冈对她吹嘘说这是自己的小别墅,广江信以为真,以为平素无人居住,可以随便使用。而且,由于片冈常把钥匙给她,让她自己进屋,所以要配一把备用钥匙绝非难事。其二,既然是她自己安排的，她当然知道那晚约会取消、房间空门的情况。其三，这两瓶甲苯是公司的库存，有资格下订单的也就只有资材部的职员了。

刚才，我在电脑上查了这一个月以来有机溶剂的订购情况，发现技术部订了两箱二十升的甲苯，已在三天前付了款，并确认收货了。负责处理这个订单的职员，果然就是叶山广江。但当我致电技术部询问此事时，那边的回复却是从未下过这样的订单。

"你是要把甲苯卖给什么人吗？"我望着她的侧脸问道。

广江缓缓朝我转过头来。

"是啊。"

"卖给黑社会？"

广江摇摇头。

"就算想卖给那种人，肯定也会被狠狠杀价，太不划算了。况且我也不想和他们扯上关系。都是直美拉来的小客户，她这方面熟得很。"

"卖这些能赚多少？"

她歪歪头："按一百毫升三千元的价格来算的话，能卖一百二十万左右吧。"

我摇了摇头："这可相当于原价的十倍啊。"

"可是照样有人买呢。"

我在报上读到过，有些吸毒少年就喜欢这种高纯度的甲苯。

"我说啊，川岛先生，"广江用甜美的声音说，"你能不能把东西还给我？只要还给我，我什么都愿意为你做。"

我全身寒毛直竖。

"那可不行啊。我打算退回库房去，就说是搞错了。"

她丝毫没有惊慌失措的样子："喂，你会把我干的事情告诉公司吗?"

"我可不想打小报告,"我说,"不过你得保证今后再也不这么干了。"

广江好像忽然想起了什么,哈哈大笑起来。

"什么事情这么好笑?"

"我是在想直美睡在你家的事儿啊。川岛先生还真是老实人呐。"

我不知该如何接口,绷起了脸。

笑了一阵子,广江又道:"我下个月就要辞职了。"

"辞职?为什么?"

"工作无聊嘛,在这里好像也找不到合适的对象。"

"你不是在和片冈约会吗?"

听了这话,她扑哧一声笑了出来。

"我早就受够那个土里土气又小肚鸡肠的男人了,连去宾馆开房都舍不得。"

"……嗯。"

"那我先走了,这件事就说到这里吧。"

广江轻轻抬起手挥了挥,回办公楼里去了。

我又在原地站了片刻,才回到自己的办公桌前,却见片冈正等在那儿。

"那个女人的事怎么样了?"

"那个嘛,放心吧,我已经处理好了。"

"到底是怎么回事?"

"我说你还是把这事儿给忘了吧。"

"你这样说我可忘不了啊。喂,没事儿吧,我看你脸色不太好啊。哈哈，那女人果然和你有什么瓜葛，所以你才愁成这样吧？跟我谈谈好了！女人的事，我可比你知道的详细得多哦。"片冈挺了挺胸脯。

"女人的事？"

"是啊，没错。"这家伙说得斩钉截铁。

"也是啊，"我点点头，"你看女人确实挺准的。"

随后，我深深地叹了一口气。

"让我再听一次你的判罚"

1

　　我穿不惯皮鞋，小指被挤得生疼生疼的。但我没有停下脚步，而是不顾一切地向前狂奔。这条路太窄了，我使尽全力还是跑得磕磕绊绊的，不过追捕我的警察们也一样会觉得障碍重重吧。

　　不知从何时起，阿升的身影从我背后消失了，大概已经被警察抓住了吧。这家伙平素很少锻炼，跑不过警察也没啥可大惊小怪的。不过这会儿我也顾不上他了，自己逃命要紧。此刻，高中时代那无忧无虑地在操场上飞奔的情景竟忽然呈现在我的脑海之中。教练的哨声，前辈的呼喝，还有我自己的应答之声隐隐在耳际回荡。

　　那已是很久以前的事情了。

　　"追兵"似乎已经被我甩得远远的了，我放缓了脚步。好久没这么跑了，我肺部抽痛，头也疼得厉害，一屁股瘫坐在路边的塑料水桶上缓缓地调匀呼吸。

可不能放松警惕啊，我暗暗告诫自己。适才已经有好几个路人将我飞奔的情状看在眼里，警察很快就会循踪至此，将我捉拿归案的。

我摇摇晃晃地站起身来，朝电线杆上贴着的地址看去。刚才只顾仓皇逃窜，根本就辨不清自己此刻身处何地。

只见上面写着：××町三丁目。

太巧了！我心想，"那家伙"的家就在这附近呐。

我一时连逃命也忘了，在心中默念"那家伙"的门牌号码，挨家挨户地寻了过去。我曾经数次在地图上确认过他家的具体方位，所以没费多少工夫就找到了。那是一座典型的日式住宅，看上去小巧舒适，围着一圈灌木篱笆墙。大门上挂着名牌，上面用毛笔写着"南波胜久"的字样——这无疑就是"那家伙"的家了。

恰在此刻，警笛声从远处传来，我趁机借着笛声的掩护打开篱笆墙上的门，走进了种满植物的庭院。玄关右侧是一间兼做餐厅和厨房的房间，我隔着玻璃门朝里窥探了一阵子，房内似乎一个人也没有。

我刚想闪身进屋，院外却忽然传来"南波先生，南波先生"的呼叫声。我慌慌张张地往阴影里一缩，偷偷朝玄关处望去，只见几个警察正在朝我这个方向探头探脑地张望，便赶忙又缩了缩脖子。

"好像不在家啊。"警察们彼此嘀咕了几句便离开了。他们肯定是来抓我的，顺便提醒附近的居民要小心防范。

我干嘛要听阿升那家伙的话呢？现在说什么也晚了。我心下后悔不迭，却又无可奈何。

我在原地愣愣地站了片刻，脑海中各种念头纷至沓来。突如其来的开门声打断了我的思绪。侧头望去，只见一个满头白发的瘦老头儿正一手转动着钥匙，另一手拎着便利店的白色塑料袋。

他正是南波胜久！我心下顿时大为躁动不安起来。

玻璃门上很快映现出了南波的身影，只见他正慢悠悠地打开窗户，想来是要通风换气。我强忍着一头冲进屋去的冲动，一动不动地藏身于一个液化气罐之后，密切注视着他的一举一动。虽然房里无疑只有他一个人，但如果我莽撞行事，不慎把还在附近转悠的警察引来，那可就完蛋了。

又捱了一会儿，屋内传来阵阵水流之声，肯定是那家伙正在厕所洗漱。我终于下定决心，赤着双脚迈步踏进了昏暗的厨房。我还生怕被外面的行人发现，便顺手拉上窗帘，贴靠在房间一侧的墙壁上，从内袋里摸出刀子攥在手中。

片刻之后，我听见厕所门关上的声音。那家伙正在朝这个方向走来。我握着刀子的手心渗出了汗水。

那颗白发苍苍的脑袋出现在我的眼前。下一个瞬间，我已经把刀子逼到了他脸上。

"不许嚷嚷！"

南波像是被按了停止键的录像机，登时全身僵直，随后缓缓地朝我转过头来。

"你是谁？"

"你管我是谁！"

我还不打算这么快就报上大名呢。"坐下！"

南波绷紧了脊背，坐到厨房的一把椅子上。

"两手背到背后去！"

南波照做以后，我拿过一旁的毛巾把他的双手牢牢捆在一起。

"抢劫住在一丁目的那个老太太的，就是你吧？"

南波用嘶哑的嗓音低声问道，像是唯恐说话声音过于响亮就会遭到我的毒手似的。

"这事儿传得还真够快的。"

"我是从一个认识的巡警那儿听来的。你做得可真过分呐，居然连老人的钱也抢！"

"这个用不着你操心，我可不会拿你的东西。"

我故意拿刀子在他脸上拍了几下，这老家伙吓得浑身僵硬，"要拿也是拿你的命。不过嘛，如果你老老实实地听我的吩咐，不乱嚷嚷，我也还是挺好说话的。"

"这种勾当你还想干到什么时候？"

南波怒视着我说。

"这个嘛，我也吃不准。总之，这会儿警察就在附近转来转去的，太危险了。等他们走远些，我就从你这儿出去。"

"你以为你还能逃得了吗？"

"那是当然。"我凑近他的脸，"我的脚力好得很，对这一点我一直都很有自信。"

听了这话，南波的脸上突然闪过一丝讶异。

2

三天前，阿升往我的公寓打电话，说是有桩买卖能挣大钱。他在一家麻将赌场当店员，和我工作的弹子房近在咫尺。

"就是会有点麻烦。"阿升低声说。

"怎么回事？"

"见了面我就告诉你。"

听筒那端的他含笑说。

"和谁一起干？"

"这会儿只有我和阿高两个。"

阿高没有工作，寄住在一个上了年纪的女招待家里。

"嗯……你说的麻烦，就是可能会被抓进去？"

"没错。"阿升答道，"要是进去的话，可就呼吸不到自由的空气了。不过像咱们这种后进分子，要想出人头地的话，总得下点血本。"

我沉默不语，阿升又道："你要是想一起干，今晚下班后就到我这儿来。"说完便挂了电话。

我一边工作，一边思索着该如何是好。听阿升的口气，这回要干的事情好像和从前那些小打小闹有天壤之别。卖个假货啊，向老实巴交的学生勒索点小钱啊之类的事儿，我着实干过几趟。

"后进分子"——阿升的话在我耳边萦绕不去。他说的真对，我就是在高中阶段被耽误了的。打那之后就一直在社会底层徘徊。

"喂，你这小兔崽子，厕所打扫干净了没有？"

我正站在角落里抽烟，西岛那个蠢货突然冲到我跟前，在我头上捅了一下。这家伙老是仗着跟店长沾亲带故，在店里大耍威风。我没搭腔，他便揪住我的衣领吼道："怎么着，你小子，好像有什么话想跟老子说啊？"

"没有。"

我强忍着即将爆发的怒火,从牙缝里挤出这两个字。

"那你就赶快给我滚蛋吧!"

西岛松开了手。这时,一名中年女客朝我们走了过来。

"我把钱放进去了,代币怎么没有出来?"

"啊?这样啊,那可真是对不起了。请问是哪台机器呢?"

西岛瞬间换上另一副脸孔,谄笑着跟在客人后面走开了。

我百无聊赖,只好去打扫厕所,在刺鼻的氨水气味中忍着恶心清理那些扔在马桶里的香烟屁股。

这可不是二十岁的男人该干的事情啊!

这附近住着一个老太婆,富得流油——阿升一看到我就兴冲冲地说。她一个人住,也很少和邻居打交道。最重要的是她没有把巨款存进银行,而是藏在家里。

"有些老太婆总觉得要把钱搁在手边才能安心。其实这样反而危险得多呢。"

说着,阿高嘿嘿嘿地笑了起来。他满口黄牙,牙龈肿胀,这是长期吸食信纳水的后遗症。

"咱们等那老太婆出门以后再动手?"

我问道。阿升皱了皱眉:"那多麻烦呀!她把钱藏得严严实实的,要找出来多不容易啊!咱们就是要趁她在家的时候,装成推销员敲开她的门,等进到屋里就一切都好办了。"

"怎么装成推销员呢?西装领带什么的我可一样也没有。"阿高说。

"阿丰你呢?"阿升看看我。

"我只有一套西装,不过土里土气的。"

我曾经想找一份正经工作，便倾尽微薄积蓄购置了一套西装。不过这当然只是妄想，没有一家公司愿意录用我。

　　"不碍事。好，那就由我和阿丰装成推销员去敲那个老太的门，阿高来望风。我有个哥儿们说能把他的车借我们使使，阿高你就把车停在附近，随时把外面的情况告诉我们。"

　　"怎么告诉你们呢？"

　　"给你们见识一样好东西。"

　　阿升从抽屉里取出一个小箱子打开，只见里面放着一对像录音机一样的装置。

　　"无线对讲机？"我问道。

　　"不错。"

　　阿升冷笑一声，"有个卖电器的老头在赌场里输得身无分文，只好拿店里的东西来还债，这玩意儿就是这么得来的。"

　　"这个能听清楚吗？"

　　阿高拿起一台对讲机走到房门口。

　　"那当然了。"阿升拿起另一台对讲机摆弄了几下，说了句"今天是个晴天"之类的话。

　　"哈哈哈，听得见，听得见！"

　　"咱们什么时候动手？"我问阿升。

　　"趁着大伙儿都还没改变主意之前，咱们得尽快动手！"阿升说。

　　回家以后，我在地图上锁定了老太家的位置。就在那时，我突然发现，那个叫南波胜久的老家伙就住在附近。

　　老太的家是一座古旧的木结构平房，我没想到她居然住在这种地方，不免有些惊愕。但环顾四周，却发现这样的房子倒也为数不少。可见再富裕的国家也免不了众多穷人的存在。

老太给我们开了门，神情充满戒备。但她似乎并没有对我们的身份产生怀疑，反而将我们当作真正的推销员，摆出一副如临大敌的架势。

"我可没有闲钱买这种东西，你们还是请回吧。"

为了投其所好，我们故意向老太介绍了一种储蓄商品，谁知她丝毫不为所动，像赶苍蝇似的朝我们连连挥手。而且，她只从门缝中探出小半张脸来，我们没法硬闯进去，还担心纠缠久了引起附近居民的注意。我提心吊胆，手心里冷汗直冒。

又僵持了片刻，阿升开了腔："既然如此，我们就不打扰了。不过还请您允许我们把小礼物和宣传单放下再走吧。"

老太的表情总算缓和了些，大概是听到"小礼物"三个字后动了心。我赶紧不失时机地从袋子里取出一个包着某著名商场包装纸的空盒子。

"这个嘛……是免费的吧？那我就收下了。"

老太说着，摘下了门链。说时迟那时快，我一把攥住门把手用力拉开了大门。老太一声惊叫之后便被阿升捂住嘴，拖进屋里。我紧随其后，紧张地扫视了一眼周围的动静，掩上了门。

就在那一瞬间，我的心脏突然剧烈跳动了一下，对面楼房的窗户上似有人影一闪而过。

"我们不会被对面的人看到吧！"

"什么！"

阿升扭歪了嘴角，把老太交给我，去和阿高联络。我堵上老太的嘴，还把她的手脚用胶带牢牢地捆了起来。

"你听着,要是发现什么可疑情况,马上通知我们。"

阿升吩咐完,摸出一把小刀冲老太亮了亮,然后挖出她嘴里塞的东西,问道:"喂,老太婆,你把钱藏在哪儿啦?"

"我家里没钱。"老太摇摇头。

"你少给我装糊涂!我们可是查得清清楚楚的。你的老头死了以后,你就把他的遗产全部变卖成金钱,牢牢捏在手心里吧。你要是赶紧老实交代,还能多活几天呢。"

阿升把刀刃按在老太满是皱纹的脸上。

"你们要是想杀我的话就动手好了,反正我也活不长了。"

"啊,是嘛,那咱们就动手啦。总之钱就在这屋子里,我们只要慢慢找总能找到。"

阿升把刀尖逼近了老太的喉咙。老太立即哭出声来。

"求求你们别杀我,别杀我!钱,在壁橱的被子……在被子里面。"

阿升冲我使了个眼色,我上前拉开那扇已经破旧得看不出本来颜色的壁橱移门。只见里面塞着几套脏兮兮、湿濡濡的被褥,散发出一股老年人特有的酸腐气息。

我在壁橱里乱翻了一阵,忽觉一个褥垫摸起来硬邦邦的,手感有些异样,便把它一把拽出来撕开一看,只见里面塞满了纸币捆儿,阿升不由吹出一声口哨。

"请你们别全拿走。给我留……留一半吧。"

"少啰嗦!"

阿升正想再把老太的嘴堵上,对讲机忽然响起,阿高的声音响了起来。

"条子来啦,正往你们那个方向过去!"

我和阿升对望了一眼。

"危险,咱们得赶紧躲起来!"

阿升话音未落,老太猛地扯着嗓门大喊起来:"警察,救命啊!"

我没想到一个行将就木的老人居然能发出那么响的声音。阿升扑过去想堵上她的嘴,却迟了一步,玄关的门已经被敲响了。

"撤吧!"

我打开旁边的窗户,飞身跳了出去,阿升抱起那个褥垫紧跟在我身后。我们在那条狭窄的小巷里仓皇逃窜,却听见身后的脚步声渐渐逼近。那是两名警察,正在全力追赶我们。

3

时针指向了夜间九点。我打开电视机,这会儿正在播放国际新闻。

"你们犯的事恐怕要过两天才会播呢。"

南波胜久小声嘀咕道。

"我会不知道吗!"

我发泄似的低吼道,"少说废话!"

南波叹了口气,闭上眼睛。

我拿出烟盒晃了晃,只剩最后一根了。我点上火,深吸了一口,环顾室内,只见墙上挂着一张镶镜框的黑白照片。那是一支棒球队的合影。从队服的式样来看,这张照片已经有些年头了。

"那照片里有你吗?"

听到我的问话,南波睁开眼睛。

"你不是不许我说多余的话吗?"

"快回答我的问题!"

刀刃闪闪发光。南波朝相片瞥了一眼,简短地答道:"有。"

我走近前去,细细打量了一番。只见一名身着五号球衣的年轻球员眉眼酷似面前的南波,只是身材要健壮许多。

"你当时是三垒手?"我问道。

"不错。"

"这好像不是在高中时拍的吧?"

"是大学。"

呸,我啐了一口。

"你还真了不起,居然上了大学。打棒球还挺适合你的嘛。"

"我确实很走运,但也吃了不少苦头。"

"你这家伙太走运了!"我的声音里混合了仇恨和嫉妒,"你之后又打了多久?"

"到大二的时候就不打啦。"

"那是为什么?"

"我肘部受了伤,没法再投球了。我原来的目标是成为一名职业球员,但终究没能实现哪。"

"是嘛,真解恨啊!这世上也不是事事都能称心如意的吧!"

"我当时也是这么想的。"

南波声音低沉,静静地说。他那份被持刀歹徒胁迫却依然保持着的沉稳风度,竟在那一瞬间让我有些惊慌失措起来。

"啊,不管是棒球也好,其他什么也罢,归根结底都只不过是游戏而已。什么人生啦,生活目标啦,压根就派不上一丁点用场。"

听了我的话，南波稍稍顿了顿才开口说道：

"你说的不错，那些东西的确很愚蠢。但我无论如何也离不开棒球，所以在退役之后——"

"住嘴！"我挥动刀子，恶狠狠地瞪着他的脸，"我对你之后的经历没一点兴趣，你少说那些没用的！"

面对我气势汹汹的架势，南波没有流露出害怕的神情，反而显得不知所措。过了半晌，这老家伙才有气没力地说："你说的真对，那些的确没什么用场。"

他抽了抽鼻子，视线转向电视屏幕。新闻里正在报道政治人物的贪污事件。

"整天播这些老掉牙的东西，真烦人呐！"

我一把抓起桌上的遥控器，烦躁地换着频道，每个台的节目都无聊至极。再转回一开始看的新闻频道，却见一行"××市有数名持刀歹徒抢劫老人住宅，正在逃亡途中"的滚动字幕出现在屏幕下方。我探过身去，调高音量。

"……两名假扮为推销员的男性强盗闯入山田老人家中。他们将老人捆绑起来，并抢走了放置于壁橱内的两千余万现金。山田老人的邻居察觉异常，及时与警方取得了联系。迅速赶到的警察对两名强盗展开了追捕，并在数分钟之后将其中一人抓获。该犯罪嫌疑人名叫中道升，二十一岁，现居于〇〇市，为某麻将赌场店员，赃物全部在嫌疑人中道手中。在犯罪现场附近，警方还发现一名手持无线对讲机的青年男子。警方怀疑该名男子为那两名强盗的同伙，正在对他展开调查。"

阿升果然被抓住了，连阿高也未能幸免。我模模糊糊地意识到自己的被捕也只是时间问题而已。咱们这样的社会残渣就连强盗也当不好。

新闻播音员继续说道：

"根据嫌疑人中道的口供，另一名犯罪嫌疑人名叫芹泽丰，现年二十岁，为〇〇市一家弹子店的店员。据悉，有市民目击到嫌疑人芹泽仍然滞留于××市……"

我把电视机关了。

屋内一片死寂，连空气都压得我喘不过气来。日光灯嗡嗡作响，搞得我心烦意乱。我从冰箱里拿出盒装牛奶，也懒得倒进杯子里，就一仰脖喝了起来。然后用手背一抹嘴角，重重地吐了口气。

等我回过神来，却看见南波正愣愣地盯着我。

"你盯着我干什么？"我说，"我脸上粘了脏东西？"

"你……姓芹泽？"

"是啊，那又怎么样？"

"没什么。"

南波摇摇头，视线落在桌子上。不一会儿，他又偷偷地抬起头来，但一接触到我的视线，便又慌慌张张地移开了眼睛。

他不会是想起来了吧，我心想，但立即否定了这个猜测。这老家伙不可能还记得我。毕竟那种事情他早已干过几千、几万回了。

4

十点多了。我忽然听见窗外传来人声，便透过窗帘的缝隙向外窥探，却见两名警察正从南波家附近的小道上走过。我赶紧把头缩了回来。

"这些警察还真是缠人呐,也不知道他们接下来想干什么。"我若有所思地低声说。

"我说,你们干嘛要去抢劫那位老太太?"

一直闷声不响的南波忽然语音含混地问道。

"还不是因为钱嘛。"我答道,"那老太都那么大年纪了,还死守着两千多万干嘛呀,倒不如让我们拿去做些有意义的事情呢。我说的没错吧?"

"这是犯罪啊,被警察抓去可是要坐牢的,还会留下前科记录呢。"

"你想教训我吗?"

"我没这个意思,只是觉得你们这么做不上算罢了。"

"那你就是要我认真工作啰?开什么玩笑!根本就没有单位肯录用我们这种人渣。所以我们几个这回才想赌他一把,干件大事啊!"

我冲着桌子重重地踢了一脚。

"你为什么不去上学呢?"

"什么?"

"你上过高中吧?"

南波认真地看着我,我不明白他为什么忽然提起这档子事儿。

"是啊,"我说,"念到高三的上半学期。"

"……那离毕业不是只有半年了吗?你下半学期干什么去了?"

"你给我少啰嗦,别多管闲事。有这份闲工夫还是操心操心你自个儿的老命吧!"

我用刀重重敲了敲桌面，刀把上顿时出现数道划痕。

又是一阵沉默。

"年轻人，"南波说，"肚子饿了吧？你到我家来以后还什么都没吃过呢。"

见我不吭声，他接着说："我刚才在附近的小店里买了杯面，就在那个塑料袋里。想吃的话你就吃一点，水壶里应该还有些热水。"

我看看电视机旁边的袋子，又看看老家伙的脸。他说的没错，我确实有些饿了。

"那好，我就吃一点吧。"

我撕开杯面的塑料薄膜，打开盖子，注入热水。南波干嘛要给我吃的呢？这老家伙的心思我还真是猜不透。

"从我这儿离开之后，你打算怎么办呢？"

我扒拉着面条，南波开腔问道，"警方已经知道了你的名字，你今后想另谋生路怕是不太容易吧。"

"那些事情等我逃掉以后再考虑也不迟啊。"

"你还是去自首吧。"

"你说什么？！"

我瞪起眼睛。

"你们没有伤害那位老太太，抢来的钱也都还给她了。我想如果你及时自首的话，是不会判什么重罪的。"

我再次紧握刀把，伸长手臂把刀子逼到南波眼前。

"你以为你是谁？别尽给我出馊主意！"

"你还这么年轻，有的是重新做人的机会。"

"我不是让你不要给我乱出主意吗？你说的话我听了就

恶心!"

我猛地站起身来。就在此刻,玄关的门被敲响了,一个男人的声音叫道:

"南波先生,南波先生!"

"是我认识的那个巡警!他知道我已经回到家了,如果不去应门的话恐怕会有麻烦哦。"

"少啰嗦,你以为我会中你的诡计吗?不许出声!"

我站在南波身旁,屏住呼吸侧耳倾听。只听脚步声在玄关处徘徊不去,还在缓缓朝窗边靠近,再过一会儿他说不定就会从窗帘的缝隙中看到我了。我心跳加剧,浑身一阵阵燥热。

"请你给我松绑。我不会害你的。"南波说。

我犹豫了片刻,恶狠狠地说:"好吧,那你尽快把那个巡警打发掉!"

我解开绑住他双手的毛巾,逃进了里屋。敲门声再次响起:"南波先生,南波先生!"

"来了来了。"

我听见南波一边答应着,一边打开玻璃门,"原来是巡警先生啊,请问您有什么事吗?"

"啊,原来您在家里。还是那伙抢劫犯的案件呗,有个同伙还没抓住,所以我们这会儿还在不停地巡逻呢。那家伙肯定就在这附近,跑不远的。"

"这世道可真是不太平呐。"

"南波先生,请您把木板套窗也关上吧,二楼的房间也把灯开着比较安全些。"

"好嘞,我听您的。您今天真是辛苦啦。"

我又等了一会儿，直到确认那名刑警走远之后才返回厨房。

"你暂时还是不要出去吧。"

南波看了我一眼说。

"你为什么要这么做？"我问道，"干嘛要对警察撒谎？如果你说了实话，我这会儿已经被捕了。"

"因为我希望你去自首。"

"我就是不明白，你干嘛要替我这种人着想？"

"那我问你，你为什么要到我这里来？"

我一时哑口无言。

他又道："你觉得自己沦落到这个地步都是我的错，对不对？"

我深吸了一口气，又缓缓吐了出来。

"原来你已经知道我是谁了。"

"我是听到'芹泽'这个姓以后才确认你的身份的，你原来是开阳高中的棒球选手吧。我从来就没有忘记过你。"

"你少给我扯谎！"

"我说的是实话。所以，我非常明白你的心情。"

南波冷静得让我讨厌。我打开水龙头漱了漱口，又喝了几口水，朝他转过身来。

"你说的不错，都是你造的孽！"

我呻吟似的说，"因为你的缘故，我才会沦落到今天这个地步。都是因为你那个错误的判罚！"

"就是我判你出局那次？"

"那是安全上垒！"

我高声嚷嚷起来。

5

那是两年前的夏天。

我校的棒球队在地区预选赛中挺进到了决赛。只要赢下这场比赛，我们就能如愿以偿地去甲子园比赛了。

比赛一开始进行得十分顺利，我队以一分的领先优势进入了后半程比赛。我校的观众席上一片欢腾，我们选手却个个紧张万分。

大概是太过紧张所致，形式急转直下，投手忽然连连出错，我队被连扳三局，眼看就要输掉这场比赛了。今年大概还是去不成甲子园了……

比赛进入了终局，我队誓死一搏的时机到了，我们要让对手好好见识一下我队的坚忍不拔。我是二号击球员，在击出一个球之后便拼命朝三垒跑去。戴着手套的三垒手在我身后穷追不舍。三垒的跑垒指导员则拼命打手势让我冲刺。我猛地朝垒扑了过去，就在左手指尖触垒的那一刹那，我的肩膀就被三垒手拍中了。我确信是自己先上垒成功，大大松了一口气。

然而，仅仅在一秒钟之后，裁判却做出了令我无比震惊的判罚。

"Out（出局）。"

我不敢相信自己的耳朵，抬头向裁判望去，果然见他已高高举起了右手。

欢呼声顿时从对方球队的观众席上传来。我方的观众则个个唉声叹气，沮丧不已。

我直起身来，朝裁判迈出一步，想向他提出抗议。那裁判看着我，脸上露出一副"怎么着，你还不服气？"的表情。

"芹泽！"三垒跑垒指导员叫道，"赶快后退！"

我咬紧嘴唇，向球员席走去，中途好几次回头朝裁判看去。明明是我先上垒的，他凭什么判我出局？这个混蛋，我一定要投诉他！我可咽不下这口气——

夏季联赛就这样以我队的惨败而收场。

从赛场回校的路上，大家看我的目光都是冷冰冰的。虽然也有人安慰我说不要把此事放在心上，但大多数队员好像都把输球看作是我的责任。暑假过后，我在学校里依然会感受到一种无形的巨大压力，仿佛整所高中都与我为敌似的，就连在初中部上学的弟弟也常常受人欺辱。

"如果不是那家伙莽莽撞撞的，咱们学校也不会输球啊！"

一个足球部的家伙当着我的面说，我气得把他揍了一顿。此事过后，我被迫离开了棒球队。同学们不再与我交往，我对上学感到越来越厌烦，便开始逃学，老是在一些乱七八糟的地方消磨时间，就这样结交了几个狐朋狗友。

不久之后，我退了学，又从家里搬了出来，整个过程根本没花多少时间。等我回过神来的时候，自己已经沦为一个在午夜的繁华街道上闲逛，贩卖高纯度甲苯的小混混。

我也曾经好几次试图洗心革面，重新做人，但社会却对我的努力视而不见。一个人只要堕落过一次，似乎就失去了重归正道的权利。

每当从弹子房下班，回到小得可怜的住处过夜时，我老是想起最后那场比赛的情景。我永远也不会忘记那个裁判的长相。就是他的判罚才让我沦落到今天这步田地。

我本想给他写信提出抗议,但始终也没有把那封信寄出。

只要一想起那个名字,我心中的仇恨就成倍地增长。我很清楚,如今不管做什么都无济于事了,所以只有痛恨他、痛恨他。

6

"喂,算我求你了,你就把实话说出来吧!"我对南波说,"你大概是因为角度问题看不清楚,所以才胡乱判我出局的吧。我说得对不对?"

听了这话,南波抬了抬下巴,胸部剧烈地上下起伏了一阵,开口说道:

"我们做裁判的可不会这样马虎。"

"要我说啊,你就是看错了。我比三垒手早一步上垒,这个我最清楚了。你那会儿看上去倒是一脸自信的,其实心里也挺不安的吧?你就没想过自己也有可能犯了错?趁这会儿只有我们两个人在,你就老老实实地说出来吧!"

南波闭口不言。我揪住他的衣领摇晃着。

"说话啊!是我先上垒的吧?是你判错了吧?喂,你这老头是怎么搞的,别不吭声啊,赶紧给我说点什么!"

南波一脸痛苦,喉头抽搐了几下。

"确实……是你的手先触到垒上的。"

我松了手:"这么说,我那时的确是安全上垒喽?"

"不,我还是维持原判。"

"你这个混蛋!"

我又把刀子抵到他的脸上。南波好像已经习惯了这样的威胁，面不改色，只是目不转睛地盯着我。

"嘿嘿，我算是明白了，你还真是看重身为裁判的那点权威呐！"

我转过身，朝门外走去。

"等等，你到哪儿去？现在出去很危险。"

"真啰嗦！不许对我指手画脚的。我再也不想看到你这张老脸了！"

我怒吼道，随即走出玄关。屋外的空气冷飕飕的，我不由自主地打了一个寒噤。

夜色早已笼罩了整个街区。我摇摇晃晃地跑了大约半个小时，发现前方有一个小公园。还是应该再跑远一些，免得被警察发现，我心想。但腿脚已经不听使唤了，便走进公园，在一台自动售货机上买了果汁和香烟，坐在一张长凳上休息。

此刻，南波的话忽然回响在耳边。

"是你的手先触到垒上的——"

那家伙确实是这么说的吧。看看吧，犯错的果然是他！

我熄灭了烟，躺了下来，脑袋有点昏昏沉沉的。

同学们那一道道冰冷的视线，一张张轻蔑的面庞，在我脑海中清晰地浮现出来。我要让你们好看。我这就要让你们一个一个都好看。

南波那个混蛋。他为什么就不肯承认自己判罚失误呢！

我被摇醒了，迷迷糊糊地支起了身子，一时弄不清自己身处何地。

"你住在哪里？"

一个男人的声音问道。我用力搓了搓脸，看到面前站着两个男人。

两个身着警服的男人。

7

我被关进了拘留所。一周过后，南波胜久前来探视。他身着一套合体的灰色西装，看上去似乎比那一晚更为瘦弱，也不知道是为什么。

"我想你大概还在怨恨我，所以一定要来向你解释清楚。你恨我没关系，但我不希望你一直生活在误解当中。"

"那不是什么误解！"我隔着玻璃墙叫道，"我之所以同意跟你会面，只是想亲耳再听一次你的判罚！"

听了这话，南波痛苦地皱紧了眉头。他缓缓地眨了一下眼睛，望着我的脸说：

"我仍然要判你出局。"

"你……"

"你听我说。"

南波把左手展开伸到面前，"我那晚已经说过了，你的手触垒的时间确实比三垒手碰到你肩膀的时间要早，所以我也一度想判你为安全上垒。"

"那之后为什么又改判？"

"因为正当我想判你为安全上垒的那一瞬间，你的手指从垒上滑落了。"

"啊……"

我的耳朵嗡地一响,全身的血液好像都倒流了,"你居然敢说这么不负责任的话……"

"我说的是实话。直到今天,我依然可以像放映录像带一样清晰地回忆起你左手手指的动作。就在那几分之一秒的瞬间,你的手确实从垒上滑落了。"

"你说谎!我绝不可能……犯下那样愚蠢的错误!"

"那时候你好像想对我提抗议,是吧?其实我也一直很想跟你解释清楚我判你出局的理由。在走回选手席的途中,你好几次回头朝我张望。你当时的表情深深地印在我心里,从没有一刻淡去。开阳高中的棒球队员芹泽。我想和他见面,想和他好好聊聊。但我做梦也没有想到,居然会在那种场合之下与你相见。那一晚我本想向你解释的,却又怕给你造成更大的伤害,就没能说出口。"

"你在扯谎!"我站起来,把玻璃墙敲得砰砰作响,"我的手指没有从垒上滑落!"

保安冲过来,把我从会客室里带走了。我还在不停地高声叫嚷着。

但当我被保安架着在走廊里踉跄的时候,心里却模模糊糊地浮上一个念头:南波那家伙说的或许没错。我好不容易赶上三垒,自以为万事大吉,就一下子松了劲、卸了力。手指,我的手指当时到底有没有牢牢地攀在垒上?

我这个人呐,老是在关键时候掉链子。

所以这回才会被警察抓住啊。

 至死方休

1

今天清晨，我与往常一样睡眼惺忪，一面像念咒语似的喃喃念叨着"啊——真困呐！"一面行走在通往工厂的小道上。建在乡间的工厂虽然给人一种土里土气的感觉，但远远望去，那银色的建筑物体积庞大，倒像是地球保卫军的基地似的。

环顾四周，像我一样半睡半醒的青年男子正络绎不绝地走着。在这条小道上上下班的人，几乎都住在离工厂大约三公里处的单身宿舍里，他们每天都过着从工厂到宿舍的两点一线生活。有好几个家伙甚至因此觉得连换衣服的必要也没有，常把脏兮兮的工作服往身上一套就上班去了。

今天恰好是周一。如果是其他时候，还会有刚下夜班的同事从相反方向走来。碰上认识的，还要随意交换几句不痛不痒的对话："喂，下班啦？""是啊，你接着干？"之类。

夜班从周一晚上开始，至周五或周六晚上结束，持续近一周时间。大多数车间都采用两周值日班、一周值夜班的轮班制度，我所在的车间也是如此。事实上，上周便恰好轮到我值夜班，一直工作到周日早晨。脱下工作服，又和女友约会至深更半夜，接连好几日睡眠不足，所以才困成这样。

我头昏脑涨地来到工厂，打了卡，在更衣室换上油腻腻的工作服，准备先去自动售货机买一杯咖啡提提神，再到一间名叫电子式燃料喷射制造室的车间干活。

然而，当我走到放置自动售货机的休息室时，却发现入口处挤满了人，连我们车间的班长也在。班长架着眼镜，留着一撮小胡子，看上去很像某个小工厂的账房先生。

我走近前去，问了一句"出什么事了"，班长"哦"了一声，答道：

"这个入口的门锁上了，进不去啊。"

他一脸不耐，显然正在为大清早喝不到咖啡而不快。

"咦，这个地方从没上过锁啊，这是怎么搞的？"

"好像是有人倒在里面了。"

"啊，怎么回事？"

"你问我，我去问谁！喂，快把门打开，让我们买咖啡喝！"

班长说着，大步走开了。

我分开人群挤了进去，把脸贴近休息室的玻璃门朝里窥视。休息室陈设简单，只有几台自动售货机，几把椅子和一台电视机而已，毫无情调可言。

果然，我看见一名男子脸朝下倒在专卖可乐的自动售货机前，看不出是谁。但他身着灰色制服，与我们的米黄色工作服不同，显然不是制造部的普通雇员。

"搞什么呀，畜生！"

一个粗鲁的男人叫道。他也和旁人一样，对倒在地上的同事置若罔闻，唯一关心的只是自己能否在工作之前喝到一杯咖啡或果汁罢了。这时候，人越聚越多，越来越嘈杂。

"喂喂，大家退后、退后！"

一名在自卫队服过兵役的看门老头嚷嚷着走了过来。他在大伙儿的注目之下仿佛显得高大了不少，煞有介事地掏出了钥匙。

就在大门开启的一刹那，我被身后的人流推搡着跟跟跄跄进到屋内，挤到一台专卖某营养饮料的自动售货机前。该营养饮料以露骨的广告语"如果死了可就没法工作了哟"而一时成为众人瞩目的焦点，我却很不喜欢。但此刻的休息室挤满了人，没法再去专卖咖啡的自动售货机前重新排队，只好自认倒霉，买下一瓶"死了就……"饮料了事。

正在此刻，又听见"不要靠近，不要靠近"的叫喊声，正是适才那个老门卫的声音。只见他单膝跪在那个俯卧在地的男子身旁，仔细查看他的脸色，过了好一会儿，才哇地一声叫了出来。

"喂喂，赶紧去叫救护车啊，这个人好像已经死了！"

四下骚动顿起，老门卫边上的几名职工齐刷刷地后退了几步。

我啜着"死了就……"饮料，战战兢兢地朝躺在地上的男子瞧去。才看了一眼，嘴里的饮料就喷了出来。

"喂，你这人怎么回事啊，搞得脏兮兮的！"

老门卫怒道。

"这这这，这个人我认识，他是我们的股长。"

我呛咳着说。

2

我自小就喜欢摆弄机械制品，立志要当一名工程师。我总觉得这一称号有一种神圣的意味，饱含着先驱者的智慧和勇气。上高中以后，这种幻想完全破灭，只将工程师当作普通技术人员来看待了。但即便如此，我想成为工程师的心愿从未有过丝毫动摇。

今年四月，我从大学毕业以后，在这家日本首屈一指的汽车零部件制造公司找到了工作。该公司每年的销售金额高达二十万亿日元，从业人员多达四万人，规模相当庞大。我的父母当然也十分满意。

经过一个月的培训，连我在内的三百多名新进职员被分配到各个部门。我来到生产设备开发部的第二制造科，这里主要负责制造工厂生产设备。该部门连课长、股长和普通职工在内只有十名成员，很是精干。

林田股长是我的导师。他三十五岁上下，长着一张娃娃脸，肤色白皙，眼中总是透出些许受惊的神色。我几乎都能想象出他小时候那副纯真无邪，整天啃书本，动不动就脸红的模样。

"要我说，一个公司最重要的财富就是信誉了。"

这是林田先生对我说的第一句话，"就是说啊，只要上司亮出公章，下属就不会有半句怨言；只要出示我们公司的名片，别家公司都得奉承几句。但是，这种信誉必须得靠自己努力做事才能争取到呢。"

正因为对"信誉"二字的无比重视，林田先生的信誉在我们部门里可谓首屈一指。

"林田股长是这么说的？他说没问题？这样啊，他都那样说了，我们可也没说的，就这么办吧！"

我们部门的前辈社员与其他部门的人员打交道时，常能从对方那里听到类似的回应。因此，我对林田先生很是佩服，觉得他确实是一个了不起的人物。然而，一位前辈告诉我，林田先生在公司内的业绩并未获得广泛的认可。

"他那个人老是摸着石头过河，谨慎小心得很。本来这也无可厚非，但做上司的难免嫌他做事放不开手脚。课长似乎一直不太认同他的工作方式呢。"

我听了之后，若有所思。课长那人不像技术人员，倒像是个房地产开发商，老让我们看准目标，奋勇上前，与林田先生的行事风格的确大相径庭。

我开始跟着林田先生熟悉各种工作，有时也帮他打打下手，自觉收获颇丰。谁知道，才过了一个多月，人事部就来了一纸调令，将我分配至燃料喷射制造车间现场学习。说是只有这样，才能在成为正式职员之后更好地适应工作。

"那个车间我也会经常过去的。你就是为了博个好名声也得努力工作哟。另外，身体也要当心啊。"

林田先生鼓励我说。那个车间离公司总部大约三十公里，我们可以在实习期间入住附近的专用宿舍。

就这样，我过上了两周值日班，一周值夜班的生活。

工作虽然辛苦，但熟练掌握了所需技能之后还是挺快活的。班长是个很有意思的大叔，其他职工也对我不错。林田先生每周来巡视一到两次，还会特意过来看看我干得怎么样。他自己的工作则是负责在另一条生产线上调试一批新近引入的机器人设备。

"干得怎么样了?近来很辛苦吧?"

我站在流水线前拼装零件,林田先生小心翼翼地弯腰站在一边与我搭话。

"还行吧。"

我手中一刻不停地干着,只是简单地应了一句。因为我一旦停下,流水线的运作就要受阻。熟知工作流程的林田先生便不多言,轻声说了一句"好,那就好好干吧!"便转身离去了。

一次午休时分,林田先生请我前去观看他新近引进的机器人设备。这种机器人配有灵活自如的机械臂,能够自行组装小型零件,还具有焊接功能。

"真厉害啊。一眨眼的工夫就做好了呢!"

我看着小零件以三秒钟的速度新鲜出炉,不禁啧啧称赞起来。

"这还不够理想呢!"

切断电源后,林田先生的眉毛皱成了"川"字:"成品率不高,焊接机的状况也不够理想。还有两个月就要正式投入生产线了,这样怎么行?真是伤脑筋啊!"

机器人边上站着一名焊接机生产商,他身材瘦弱,脸色也不太好。

"那是林田先生太严格了。"

男人话中带刺地说。身为生产商,他自然想尽快得到客户的认可,好早日拿到货款,但林田先生却绝不通容。

"日后使用这种机械设备的可都是车间的工人们呢。万一出了纰漏可如何是好?咱们必须现在就做到尽善尽美。"

这个人可真是脚踏实地呐，我心想。

周六晚上，我又和林田先生在小卖部碰上了，他买了些脆饼，说是整个双休日都在忙着设备维修工作，连饭也顾不上吃。他好像感冒了，不停地擤鼻涕、打喷嚏，一面还狼吞虎咽地嚼着脆饼。

死在休息室里的，正是这位林田先生。

3

上午十点过后，各车间都在集会场所休息。若是往常，大伙儿都会去自动售货机那儿买点喝的，但由于今晨发生的悲剧性事件，那间休息室被暂时禁止入内。与此同时，警方前来调查该起事件的消息传遍了整个公司。

"林田的死好像不是脑中风那么简单，所以才会惊动警方呢。"

班长发着扑克牌说。休息时间也就是打牌时间，车间的同事们个个都是有钱人，赌注下得挺大，所以我通常只在一旁作壁上观。

"这可是我听来的，说是他的头不知道被谁打伤了，好像还出了点血。"

车间的一名老职工盯着牌说道。

"被打伤？不会是被强盗什么的袭击了吧？"

"有这可能。"

"但那间屋子可是从里面锁上的呀。"

"可窗还开着哪，从窗口逃跑就行了。"

"是这样啊。但是这大晚上的，强盗怎么进去嘛，大概还是跟谁起了纠纷吧。川岛君，你怎么看？"

"我觉得林田先生可不是那种人哪。"

我答道。川岛是我的姓。

自从大家知道死者是我的前任上司以后，各式各样的提问便纷至沓来。但我一无所知，自然无从答起。我甚至不敢相信这样一起疑似杀人事件就发生在身边。

休息时间结束了，我们各自重返岗位，又开始了工作。但是，才过了三十分钟，女同事叶子过来拍拍我的肩膀，说是班长让我过去。

"好像来了警方那边的人呢。"

叶子藏在安全眼镜后面的双眸闪闪发亮。她就是昨天和我约会的女孩。叶子高中一毕业就进了公司，还有些稚气未脱，但她纠缠起本公司的精英分子来可是干劲十足。看我驾驶着越野车，就非要我带她去兜风。

我请叶子帮我顶一会儿班，朝班长的座位走去。果然，两个面色不善的警察已经等在那儿了。

警察向我询问了一些林田先生的近况，我介绍了他最近正在忙于调试新近引进器械的情况。

"请问，林田先生真的是被殴打致死的吗？"

等对方的提问告一段落后，我问道。

"这个我们也不清楚啊。现在唯一可以确定的，只有伤痕的位置。"

一位刑警指了指左耳的上方。

"如果不是被人打了，那是……"

"也可能是不慎摔倒之后在什么地方撞的,这个伤痕可以有好几种解释呢。总之,请各位放心,调查的任务就交给我们吧。"

刑警一脸严肃地作答后,又取出一小袋用玻璃纸包着的脆饼递过来,问我有没有见过。我想起这正是林田先生在周六晚间购买的那一种,便照实说了。

"嗯,是嘛……"

两位警官一脸困惑。

"请问你们是在哪里发现这个的?"

"在休息室的垃圾箱里。我们觉得很奇怪啊,袋子里还剩有三块脆饼呢,怎么会扔了呢?"

这确实很令人费解。生性严谨的林田先生绝不会这样草率地随意丢弃尚未吃完的食物。

"顺便问一下,你昨天都去了哪些地方?"

另一位刑警问道。我不由瞪大了双眼。

"两位这是在询问我有没有不在场证明?"

两名刑警听了这话,相对苦笑了一下。

"看来大伙儿对这一套都很熟悉嘛,电视剧的影响力太大了。我们没有特别的意思,如果你不愿意回答,我们也不会勉强。"

我可没什么不愿意的,便一五一十地将自己的情况介绍了一遍。

刑警满意地回去了。

吃罢午饭,我来到车间,想看看林田先生调试的机器人状况如何。恰好在那儿碰上了比我早三年进公司的宫下先生。

"唉,林田先生可真是不幸哪!"

前辈一看到我就沉痛地说。他以打网球为乐,皮肤都晒成了巧克力色。

"是啊，真没想到会发生这样可怕的事情，我也大吃一惊呢。宫下先生是什么时候到这儿来的？"

"刚来，课长让我一过来就马上接手工作呢。"

"嗯？课长也来过了？"

"是啊，他在电话里说，今晨他就独自前来查看过情况了。"

"这样啊。"

课长一向只管把任务分派给下属，这回居然亲自下车间安排工作，可见是相当慌张忙乱了。

"林田先生昨天也到这里来了吧？"

"好像是。机器人马上就要正式投入生产线了，他那个人还只顾着操心焊接机的毛病呢。"

"昨天是周日，没人上班，连目击证人都没有啊。"

"那倒不是，保卫科有个门卫昨夜值班，说是在夜里十一点还看到林田先生正往休息室走去呢。"

"他又工作到那个时候了。"

"不过，他还是照规矩在十点就打了卡，之后可就是给公司白干了。"

"那会儿只有林田先生一个人在？"

"不是，据说是和一个焊接机生产商在一块儿工作来着。但保安看到他的时候，林田先生好像是独自一人呢。保安跟他打招呼，林田先生也没搭理就走开了。他那个人向来都是和蔼可亲的，从没这样失礼过。"

"真是什么事都瞒不过宫下先辈您呐。"

我佩服地望着前辈晒得黑黝黝的脸。

"我也是刚和那个保安聊了几句才知道的。他被警方当作了犯罪嫌疑人,可气坏了。"

"那也就是说事件是在十一点以后发生的啰?"

"没错。问题的关键在于他是被谁打成这样的。"

"但警方不是说他头上的伤痕可能还有其他解释吗?"

"说的也是,但那伤痕不管怎么看都像是人为所致呢。都那个时候了,也不知道谁还会留在公司干这种伤天害理的事情。"

"就是啊,深更半夜的,连机器都停止运行了呢。"

啊……

我俩同时浑身大震,不约而同地朝一旁的机器人看去。它那长长的钢铁机械臂经过林田先生的调试,像人的手臂一样灵活自如。

4

林田先生的追悼会于次日晚上六点在我家附近的寺庙举行。我向上司请了假,赶往出席。就在我排队等待上香的当口,几位妇女的对话钻进了耳朵。

"听说这人是个工作狂呢。"

"是啊,虽说不好好工作就填不饱肚子,但他连假期和双休日也常常泡在单位里,这就有点过头了。"

"拼死拼活干了大半辈子,最后竟然死在单位里。林田夫人也真是可怜呐。"

我听着这些议论,心情很是复杂。作为后辈,我佩服林田先生的敬业精神,但他的家人想必常常会感到寂寞和无奈吧。

上完香以后，我被领到隔壁的一个房间，只见餐桌上备着一些寿司和啤酒，供吊唁者充饥。公司的同事大部分都到了，可见林田先生的好人缘。大伙儿聚在一起，议论纷纷。

"听说尸检报告已经出来了。"

我刚坐下，宫下前辈就凑近我耳边说，"果然不出我所料，头部的伤痕不是跌倒撞伤所致，而是被非常坚硬的凶器重重一击造成的。"

"坚硬的凶器……"

我眼前浮现出机器人那粗硬坚实的铁臂。

根据我和宫下前辈的推测，林田先生可能是在工作中不幸遇难的，而凶手就是机器人。这可是公司员工在无偿加班时因工伤致死的重大事故。如经查实，我们整个部门都将受到严厉问责。因此，这番推测我们对谁都没有提起。

然而，我们的推理也并非无懈可击，尚有三处矛盾令人困惑难解。第一，根据宫下前辈的调查，机器人的机械臂上并没有沾染血迹。第二，林田先生被发现的地点是休息室，而非车间。第三，休息室的门不知为何被人从里面反锁了。

"宫下前辈，你今天和那个焊接机生产商见面了吗？"

"见到了。听说警方也去他那里调查了。那个人听说林田先生不幸身亡的消息也很是震惊呢。"

"事发当天他们确实在一起工作了？"

"是啊，据说他是中午时分被林田先生喊去加班的，没完没了地调试机器，一直干到晚上十点过后才离开车间。那时，林田先生也去打了卡，但接着又返回车间，说是还要再干一会儿才回去。"

林田先生不愧为加班之王呐。他早已名声在外，据说连工会都熟知他这脾性。

"那个焊接机生产商也被询问了不在场证明吧?"

"是啊,不过他在十一点左右已经回到了自己的事务所,这一点他的几个同事都能证明,所以没什么问题。"

在周日深夜居然还要加班,可见工作环境的艰苦苛刻真是到处皆然。

"这可真是一场灾难呐!人命脆弱得很呢。"

一位绰号叫做"阿虎"的前辈感慨道。他刚才饱饱地吃了一顿寿司,正心满意足地剔着牙缝。这些前辈在面对同事不幸去世时所表现出来的冷静和淡漠,让我一再惊叹职场的不可思议。这大概是因为大伙儿之间的纽带只有工作,其他方面的志趣并不相投的缘故吧。就连深受林田先生照应的我居然也会冒出觉得此次事件不够复杂刺激的无聊念头。

我们正想起身告辞,课长突然大驾光临。他一看到我们,就大大咧咧地叫了一声:"哟,大伙儿都在这儿呐!"那口吻简直就像是在居酒屋门口招呼熟人。我们刚抬起的屁股只好又落回了座位。

"今天真是糟糕,一点活儿都没干成。"

课长刚落座就发起了牢骚,说是警察缠着他把林田先生的情况刨根问底地细细调查了一番。

"还询问了我的不在场证明呢。"

"阿虎"前辈随声附和:"简直麻烦透了,倒好像是咱们把林田先生害了似的。"

"我一个普通市民哪来的不在场证明啊?"

课长用洪亮的声音说,"那天夜里的十点至十一点,我正在家里看电视呢。但家人作证又不算数,真是伤脑筋。"

"那个时段恰好在播《天下霸主物语》吧。"

熟知各类电视节目的"阿虎"前辈说。课长重重地拍了一下大腿:

"不错不错,那晚还是大结局呢,我可是看得如痴如醉啊。"

我不由自主地叹了口气。《天下霸主物语》讲述的是下级武士出身的男人为了夺取天下而努力奋斗的故事,在上班族当中特别受欢迎。我也看过一集,只觉情节老套,与其他古装剧千篇一律,看到一半便兴味索然了。但报纸的娱乐版却对这部电视剧评价甚高,称其为许多观众的唯一乐趣所在。

"总之啊,"

课长朝纸杯中咕咚咕咚地倒满了温热的啤酒,和着雪白的泡沫一饮而尽。

"从明天开始都给我用心干活,得把林田欠下的那份也补上。人要是连命都丢了,连想干活都干不了了呢。"

正当课长放肆地说着这些与今夜的场合全然不符的话时,一名帮忙操持丧事的妇女走过来说:"警方那边来人了,说要请您走一趟呢。"

"啊?"

正准备饮下第二杯啤酒的课长停住了手。

5

我、宫下前辈和课长乘坐的警车朝工厂驶去。前排的两名警察很少与我们交谈,气氛有些压抑,我不由得惴惴不安起来。

到了工厂以后,我们又朝放置机器人的车间走去。我和宫下前辈交换了一个同病相怜的眼神。"这下完蛋了",前辈的脸上清清楚楚地写着这五个字,我的表情大概也是如此吧。

"麻烦你们开动一下这台机器人好吗?我们想看看机械臂的运作情况。"

那名年长一些的警察说。他的头发长约半寸,混杂着白发,气势很是慑人。

"可是,这会儿不是工作时间……"

课长扭扭捏捏地答道。

"这个不成问题,我们已经得到了贵公司的许可。"

警察从西装口袋里取出一个信封交给课长。课长抽出里面的文件,我从旁窥看,只见那是一份允许启动机器协助警方调查的证明文件。

"您好像总算答应了。"

警察微微冷笑,又很快收起笑容,严肃地问道:"刚才课长先生说过,非工作时间不得擅自启动机械设备吧?"

"这是规矩。"

"这个我们也明白,但还是希望你能够实话实说。林田先生是不是一个会破坏这个规矩的人?也就是说,他在打卡下班之后,还会不会去启动机器人?"

"他可不是那种人呐。"课长说。

"他会的。"

"我也这么觉得。"

我和宫下前辈回答。

"嗯?"

警察在我们三人之间来回扫视着，目光最后定格在课长身上，"您到底怎么看？"

"他确实……有可能这么做。"

课长无可奈何地说，"我可是一直提醒他要守规矩的。但是，怎么说呢，他那个人是个工作狂——"

"您不用费心解释了。"

警察苦笑了一下，抬手截断了课长的话，"我并非贵公司的管理者，只是想了解一下情况而已：如果在非工作时间开启机械设备并因此导致事故的话，林田先生会如何处置呢？"

警方已经看破机器人肇事的真相了，我心想。

"这，这个嘛，他当然会报告上级……"

课长语无伦次地说。

"课长先生！"

警察讶然，"我又不是来追究您的责任，用不着这样惊慌！"

课长仍然犹豫了好一阵子，才终于下定决心似的说："我想他那个人会想办法隐瞒吧。"警察赞同地点了点头。

"现在可以为我们演示一下这台机器人的运作情况了吧？"

宫下前辈答应了一声，走上前进行操作。机器人的手臂灵活自如地转动起来。

"真了不起啊！"

警察睁大了眼睛，"比我的手臂还好使呢。"

"这种机器人是根据 ASY 系统制造而成的。是我们科独立研发的技术，抗噪音能力很强，而且还申请了专利——"

课长流畅地介绍道，宣传词从口中滚滚而出，像条件反射似的。

"好了，这样就可以了。"

警察说。宫下前辈停止了对机器人的操作。

"那个……"

课长搔了搔日见稀疏的头发，吞吞吐吐地说，"警察先生想说林田君是因工伤致死的吧？可他确实是在休息室被发现的，这一点想必你们也清楚……"

"我们知道。所以才向三位询问林田先生在遭遇事故之后可能做出的反应。各位适才也都承认他会予以隐瞒吧。事实上林田先生确实是这么做的。他一觉察到自己受了工伤，便马上挣扎着离开事故现场，艰难地走到休息室，最后倒在那里。他还怕其他人碰巧进入休息室，发现自己的惨状，所以把门反锁了。"

原来如此，我恍然大悟，不由自主地拍响了巴掌。

"保安大概就是在那个时候招呼林田先生的吧，难怪他不理不睬的。"

"大致就是如此吧。"警察领首。

"可是，既然他还能从车间走到休息室，怎么会就这么死了呢？"

课长不解地问。年轻的警官接口道：

"林田先生的头部遭重物殴击后导致脑震荡，因而昏厥过去。其后，他虽然暂时恢复知觉，但由于颅内出血情况严重，终于不幸身亡。"

"所以大伙儿就算是闹着玩儿，也不能重重地拍打对方的头部哟。"

留着板寸头的老警官和颜悦色地说，"老实说，就在诸位前去吊唁林田先生的时候，我们已经把这个机器人检查了一遍，结果发现机械臂顶部沾有血迹。虽说已经被擦拭得不留痕迹,却还是在鲁米诺测试中现了原形。关键问题在于血迹是被谁擦去的。"

"那自然是林田君了。"

警察摇头予以否认,从口袋里取出一块专门用于清洁机械制品的纱布。这块纱布被小心地包在一个塑料袋里。

"纱布上面沾有血迹,应该是在擦拭过机械臂之后被丢弃在垃圾箱里的。"

"那、那不就是林田君扔的嘛。"

"不对不对。"

警察连连摇头,"那个专门收纳废弃纱布的垃圾箱在周一早晨已经被倾倒过一次了。但这块纱布却是在周一的正午时分被发现的。而那个时候,林田先生已经去世了。"

课长沉默了,我们也闭口不言。

警察的目光一下子变得严厉起来:"相关人员当中,有条件在昨天擦拭机械臂的只有你们三位而已。赶紧说实话吧!"

"对不起!"

我边上的课长忽然像是矮了一大截似的,双膝一软跪坐在地板上。

"是我干的。我一听说林田君是头部受伤致死,就马上想到可能是机器人失控所致。赶去一看,机械臂上面果然沾有血迹……如果被发现的话,我要承担不小的责任呢,所以就……对不住,实在是对不住!"

课长说着说着,竟然哭了起来,再没有了往日威风凛凛、作威作福的模样。

"没关系,请您抬起头来吧。"

警察把手搭在课长肩上,"请放宽心,我想您大概不用负什么责任。"

"啊?"

课长的脸上又是泪水又是灰尘,糊作一团,困惑地抬头望着警察。

"其实,谜团还有一个。那就是机械臂顶端沾染着的血迹形状与林田先生头部的伤口并不吻合。从适才机器人运作的情况来看,机械臂的顶端部分也并无异常。"

"啊,那么林田先生的伤……"

"不是被机器人击打所致的。"

警察微微冷笑着说。

6

"嗯,犯人原来是那个焊接机生产商啊!"

班长边洗牌边说。

那个姓山冈的焊接机生产商在被警察讯问后就坦白交代了一切。

"我实在是忍不住啦,头脑一热就动了杀机。那个林田,简直神经质得不正常。购入的机器出了点小故障啦,和自己的要求有些出入啦……滔滔不绝地提出无数要求,让人不胜其烦。当然啦,他也是为了工作,不过多少也得替我考虑考虑不是?机器这种东西,出点小毛病再正常不过了,根本就不可能毫无瑕疵。能对付着用就行了嘛,谁不是这样干的呀?更何况我还有其他工作要处理呢。今年到目前为止,连双休日在内,满打满算也才休息了五天。那个周日，我以为总算可以歇一天了吧，林田先生又叫我到车间去。我没办法，只好过去，谁让他是我们的客户呢。结果又和往常一样，说这里不行那里不是的，在同一个部位拆了又装，装了又拆，把我指使得团团转。我对他的脾气早就熟悉了，忍着气听他使唤。就这样一直折腾到近晚上十点，林田先生终于松口让我回去休息。我还挺高兴的，心想这下总算不会错过十点档的《天下霸主物语》了，看那个电视剧可是我一周里面最大的乐趣呢，何况那周还是大结局。我本想打电话给老婆，让她帮我把节目录下来。但休息室里就有一台电视机，我就津津有味地看了起来。谁知道，节目才开始五分钟，林田先生就老是过来跟我闲聊，说的自然又是工作，什么零件啦数据啦，喋喋不休。警察先生，你们能明白我的心情吧？我只想好好看电视，既不想谈工作，也不愿意旁人来打扰，但林田先生可不管这么多。而且，他好像还感冒了吧？不停地吸鼻子，擤鼻涕，吵得我连节目也看不进去，烦躁透了，连胃都痛了起来。这时候，他居然又拿出脆饼，大口大口地嚼得山响。我简直气炸了，从放在一边的工具箱里拿出扳手就朝他头上用力打去。我也知道这是犯罪。但当时就是想这么干来着，在那一瞬间还觉得心里舒畅多了。但是，我马上就害怕起来了。"

以上就是山冈的供述。行凶以后，他把林田先生搬到机器人面前，又将他头上的血迹擦到机械臂上，接通电源，扬长而去。目的就是想造成机器人失控肇事的假象。

然而此事并未到此结束。林田先生暂时恢复了知觉，他神志混乱模糊，竟然误以为自己是遭到机械臂的重击才会晕倒。为了隐瞒这一事故，他迷迷糊糊地关上了机器，挣扎着走回休息室，并锁上了门。此后，他再次陷入昏迷，只是这次再也没能睁开眼睛。

另外，将脆饼扔进垃圾箱的自然就是山冈了。

"总之啊，对工作太过热心反而不是一件好事呢！"

班长边打牌边说。

"在车间里，一旦流水线停下了，咱们就是想干也干不了。可那些工程师啊销售员什么的，根本就没有量力而行的观念，只要干劲十足，就会工作不止。"

一位老职工说。其他同僚们也纷纷发表起感想来。

"杀人当然不对，但死者也有责任。努力工作是好事，但太过着迷，毫不考虑别人的感受，那可就不行了。"

"要我说啊，他们还是心机太重，想得太多。那些精英分子成天算计这个，谋划那个，好像不动脑筋就会死掉一样。"

"那有什么不好？像你这种木瓜脑袋才让我们伤脑筋呢！"

"你这是什么话呀！"

"不管怎么说啊，我可不想就这样把命给送了。现在看来，在车间干着还挺不赖的。"

对于这个意见，大家倒是难得地一致点头表示赞成。

"大伙儿也别这么说嘛。川岛君明天就要离开车间回到公司总部了呢。"

班长说，大家纷纷朝我投来注目礼。

"是嘛，实习这就结束啦，时间过得真快啊！"

"回去后也要给我好好干呐！"

我站起身来鞠躬感谢大家的关照。

不一会，加班铃响了起来，大伙儿络绎不绝地朝自己的工作岗位走去。我因为还得整理宿舍，就收拾了东西准备先回去。

这时，叶子凑了过来："下次再带我去兜风吧。"

"嗯，没问题。"

"这个给你。"

她取出一个祈祷健康的护身符："你可得小心身体，别闹个过劳死什么的。"

我被这话噎了一下，说道："我会当心的。"

"那就这样吧，拜拜。"

她戴上安全眼镜，向生产线上走去。走到半路，却又停下脚步，朝我挥挥手，说了句什么，看口型是让我好好加油。

就好像我要上战场似的，我心想，举起护身符朝她挥动了几下。

 蜜月之旅

1

飞机几乎是一分不差地向夏威夷飞去。

"两位这是去度蜜月吗？"

一位老人隔着走道与我们搭话。他身着合体的浅色西服，看上去品位不俗。

我答了一声"是"，老人眯缝起雪白眉毛下的眼睛。

"那真是好极了。旅游还是得趁年轻的时候才能尽兴呐。"

我礼貌地笑了笑，望见除了他的对座坐着一位娇小的老妇人之外，便似别无其他旅伴，便问道："就您两位去夏威夷吗？"

老妇人觉察到了我的视线，转头朝我莞尔一笑。

"是啊，夏威夷也挺适合我们这样上了年纪的人呢。"

随即，老人微微压低声音道："其实我们去那儿是为了庆祝金婚，有感谢上苍眷顾的意思。"

"原来如此。"我点点头，想就此截断谈话，便转向了尚美。

她原本正在看书，却又似聆听着我们适才的对话，与我的目光相接后，咧嘴绽开了笑容。

飞机在檀香山机场降落了。取罢行李，我携尚美乘坐巴士前往汽车租赁公司。因有预约在前，办手续没费多少工夫。十五分钟以后，我们就坐上小型美式轿车再度出发了。这以后就是纯粹的双人旅行了。

"我想直接去普普克亚，你可有想游览的地方？"

普普克亚位于瓦胡岛最北面，我们在那里的一家多功能度假旅馆订了房间。

"我也没什么想玩的地方，咱们还是回旅馆去吧。我有点累啦。"

尚美答道。

"是啊，飞了好几个钟头，也真是乏了。"

我略一颔首，踩着油门的右脚微微加劲。

我们两人都已不是第一次来夏威夷了。

我是第四次来此地旅游，尚美则是再度造访。尽管如此，由于我俩一致认为此次蜜月旅行不宜过于铺张，便毫不犹豫地做出了旧地重游的打算。

我们如此简朴行事有如下几个理由。

一则因为这已是我的第二次婚姻了。现年三十四岁的我曾于二十六岁那年结过一次婚，但妻子不幸于三年前死于一起交通事故。

另一个原因则是我与前妻所生的女儿刚刚去世不久，我还无法让自己完全沉浸于新婚的喜悦当中。

正因如此，我俩虽然喜结良缘，却没有大宴宾客，就连结婚仪式也未曾举行，只在市政厅注册一下就算了事。但尚美却并未对此流露出不快。近来的年轻女性大都反感大吃大喝的俗气婚宴，我们的做法或许也不算如何过分。

但是，我并没有对尚美说出不愿隆重庆祝新婚的第三个理由。而这对我来说，却是最为重要的一个埋由。

2

正午稍过，我们抵达了下榻之处。此时办理入住手续似乎稍嫌早了些，我们便寄存了行李，预备前往餐厅用一顿便餐。

"到这儿来的日本人还真是不多呢。"

点完菜后，尚美环顾四周小声地说。的确，除了我们之外，很少能见到其他日本游客的身影。

"大概是黄金周结束后，日本观光客纷纷回国的缘故吧。况且，现在这个时候，大伙儿可能都到怀基海滩去玩了。"

"是啊，这附近可没有适合年轻人玩的地方呢。"

"呆在宾馆里倒还可以打打网球、高尔夫什么的，还能骑马，一踏出宾馆，可就百无聊赖喽。"

"这里连迪斯科舞厅都没有吧，日本的年轻人怕是受不了这无聊劲儿。"

"我看你就别再'年轻人，年轻人'地说个不休了。尚美你不才二十来岁嘛，年轻得很呢。"

"哎呀，这样说来，伸彦你也还是个小伙子呢。"

"行啦，别说啦。"

说着，我故意绷起脸，尚美快活地轻声笑了起来。她的笑容令我心生怜爱，幸福之感直达心底。这个时刻，我多么想拥有与尚美同样的心境啊。但是我做不到。

吃罢午饭，办好入住手续后，尚美便立刻提议去海里游泳。

"这里的大海多美，不去体验一下多可惜啊。一起去吧，好不好？"

望着美国人在海滩上优雅地晒着日光浴的身影，尚美好像有点坐不住了。"好啊，咱们走吧。"我答道。

到了海滩，尚美身着饰有花纹的泳衣跃入海中。我在沙滩上缓缓蹲下身子，凝望着她。过去经常游泳的尚美泳姿优美，还时不时回过头来，愉快地朝我挥手。我也抬手回应，间或按下照相机的快门。

然而，我心里很清楚，冲印这卷胶卷的那一天，恐怕永远都不会到来。

返回旅馆后，正当我们等电梯时，背后忽然传来招呼声。

"哎哟，这可真是奇遇呐！"

回过头来，只见那对与我们同机来到夏威夷的老夫妇就站在身后。他们像是刚到，旅馆的男服务员正拎着行李候在一旁。

"您二位也下榻在这里吗？"

我有些吃惊地问。

"正是呢。我们在市内东转转西看看，不想就消磨了这么多时候。看样子，你们已经去游过一会儿泳了吧？"

老人看着我们的装束问道。

"是啊，没错。"我点点头。

老夫妇俩恰巧与我们住在同一个楼面，对这又一个巧合，老人简直高兴坏了。

"看来咱们要做邻居啦！这会儿一起去喝杯酒吧！"

说着，老人兴高采烈地做出了高擎酒杯的姿势。一旁的夫人责备道：

"老伴儿，这两位可是在度蜜月呢，打扰人家可就失礼了。"

"没关系的，我们一定得找机会一块儿喝一杯。"

我彬彬有礼地说。不想尚美又接口道："那我们就静候您二位的邀请啦。人多也热闹些嘛。"听她熟练地说着这种不痛不痒的客套话，我心中一阵烦躁不快。

晚餐时分，我们也凑巧与老夫妇俩打了个照面。二老都更了衣，坐在邻桌用餐。

"真是一对了不起的夫妇啊，结婚都五十年了，还能如此幸福美满呢。"

尚美悄声说道。老夫妇俩静静地吃着东西，老人时不时说个笑话，夫人听后，脸上便浮现出优雅的笑容。

过了片刻，葡萄酒也摆上了我们的餐桌。

"那我们为什么而干杯呢？"

我向坐在烛台另一侧的尚美问道。

"当然是为了我们自己啊。"

尚美微笑着举起酒杯。我也咧嘴笑着与她碰了碰杯，随后仰起头来，大口大口地将酒灌进喉咙。冰冷的液体倾入胃里，头脑中像是有什么东西瞬间觉醒了一般——那是一种终于被幸福征服的感觉。

决不能迟疑不定，决不能迷失在与尚美共同营造的甜美世界中难以自拔——我隔着玻璃杯望着尚美的笑脸，暗暗告诫自己。

我们回房冲了澡，便早早上了床。尚美开始筹划未来的生活，念叨着想早点要个孩子，或是条件允许的话再去学点什么，我只是模棱两可地答应着。

　　终于，尚美在我怀中沉沉睡去了。在飞机上没有睡足，落地后没休息多会儿便赶着去游泳，也难怪她倦得很了。我小心翼翼地把她挪到一边，起身离开床铺。

　　今夜，我根本不想搂抱着她一同入睡。

　　我在浴室里洗了一把冷水脸，做了几个深呼吸，回到床上。尚美依旧均匀地呼吸着，香梦沉酣。我在她身边坐下，静静地向她的喉咙伸出了双手。

　　指尖触到了雪白柔软的肌肤，又停滞了片刻。尚美轻轻睁开眼睛，她一时像是摸不着头脑，面露困惑，但不一会儿便不安地望着我的双眼问道：

　　"怎么了？"

　　她的声音微微发颤。我的指尖稍稍加劲，她脸上渗出恐怖之色。

　　"回答我。"

　　我用一种连自己都感到毛骨悚然的声音低声逼问道：

　　"宏子是你杀死的吗？"

3

　　宏子是我已故女儿的名字。由于她母亲在生下她之后不久便遽然离世，我不得不一手将她抚养长大。宏子死的时候才四岁。她与生母十分相像，长着一双大眼睛，像个洋娃娃似的。

　　在那个圣诞夜的早晨，我们像往常一样吃着早餐。那个清晨异常寒冷，坐在点燃的壁炉旁还是冻得浑身发抖。

"宏子，快吃啊。"

我见宏子只是坐在椅子上，也不动手吃东西，便催促道。这孩子在早晨总是这样。

"不想吃了，我困了。"

宏子搓搓小脸，靠在椅背上，一脸睡意。

"喂喂，可不能再睡了。咱们还要去姑妈家呢。"

说着，我站起身来，熄灭煤油壁炉。在上班途中把宏子托付给姐姐照看是我每日的例行公事。

此时，我随意朝煤油罐的刻度线瞥了一眼，发现煤油就快用完了。

我牵着睡眼惺忪的宏子走出客厅，让她在走廊上稍等，自己下楼，朝地下停车场走去。

刚钻进车里，我突然发现自己忘了准备那日工作必须要用的磁带。本该在昨天买好的，却被我忘得一干二净了。于是，我又下车，快步朝附近的一家二十四小时便利店走去，心想在那儿应该可以买到。

这一举动将使我抱恨终身。

其实，在上班途中也有几家商店可以买到磁带，为什么我却偏偏去那家便利店购买呢？对此，我自己也不得而知，只能说是天意使然吧。

就是在这家便利店中，我被卷进了大麻烦。

正当我在收银台前排队准备付款时，后脑突然遭到重重一击。

我不知道出了什么事，疼得当场蹲下身去。伸手摸摸头部，只觉得大量鲜血涌了出来。耳边又听到一个年轻男子低声吼道：

"快把钱交出来!"我这才明白是碰上了强盗。

我想站起身来,双腿却怎么也保持不了平衡。我并未失去知觉,能感到众人在周围惊慌失措地团团乱转,自己却着实浑身没劲,力不从心。

不知过了多久,等我再次回过神来的时候,发觉自己已经被抬上担架,用救护车送往附近的医院救治了。

所幸我的伤势并不严重,到医院时已经能够独立行走了,但院方仍然坚持为我照了X光。我挂念独自在家的宏子,想趁等待拍片结果的间隙往家里挂个电话。不想警察又过来给我录口供,这对他们来说也算是一道例行手续。

简单陈述了事发经过之后,我向警察询问犯人的下落,得知那两名强盗已经在夺款潜逃途中被警方抓获了。两人都是才从高中毕业的年轻人。

辞别警察后,我怕姐姐见我们迟迟不到而焦心,便给她打去了电话。听了我的遭遇,姐姐在电话那头惊呼出声。

"不用担心,我没受什么重伤。"

我尽可能开朗地劝慰道。

"那就好啊,不过你可真是遇到飞来横祸了呢!"

姐姐似乎稍稍放下心来,苦笑着说。

"先不说这个了,我还有事要麻烦姐姐呢。宏子现在一个人在家,替我去看看她成吗?我有些放心不下呢。"

"知道了,这就去。和小宏说爸爸有急事就行了吧。"

"行,那就拜托姐姐了。"

挂上电话,我总算松了口气。

稍后,X光的结果出来了。医生嘱咐我说,伤势虽无大碍,但是一旦出现轻度恶化的迹象就要立即来医院复查。

离开医院之前，我往家里打了电话。来接电话的不是姐姐，却是尚美，这让我吃了一惊。

"伸彦，不得了了。小宏她……"

她气息纷乱，声音带着哭腔。

"宏子怎么了？"

我大声问道。

"小宏晕过去了。而且……情况很危险。"

"怎么会晕过去的？"

"好像是一氧化碳中毒，说是壁炉里的火燃烧不充分所致。"

"壁炉？"

这绝不可能！我心想。出门之前，我明明把壁炉熄灭了的。

"那宏子现在怎么样了？"

"医生正在给她检查，你姐姐也在，请你快些赶回来吧！"

"好，我这就回来。"

我撂下听筒，转身奔出医院。看着一个头缠绷带的男人失态地狂奔乱走，路人想必都感到很诧异吧。

我赶回家中，只见大伙儿都聚在客房里。姐姐和尚美在哭，医生一脸阴沉地静坐不语。房间中央的榻榻米上，宏子平躺在那里，一动不动。我终于明白发生了什么事，瘫倒在榻榻米上，从被褥中抱起爱女，喉咙里发出狗吠一般的哀叫。

当夜，我和尚美一直待在客房里。

"我来的时候，小宏已经倒在这个房间的地板上了，屋里也闷得厉害，我马上意识到可能是一氧化碳中毒，就赶紧屏住呼吸打开门窗通风，还把壁炉的火也熄灭了。"

尚美似乎极力控制着自己的情绪，用淡淡的口吻说道。我只是沉默地听着，心绪全无。

这天上午，尚美原本是到我家来测量卧室的尺寸，好去购买新家具的。这事她前阵子倒也跟我提过，却早被我抛诸脑后了。反正她已经有了我家的备份钥匙，可以随意进出。

"也就是说你来的时候壁炉是燃着的？我明明记得出门之前把它熄灭了的。"

我注视着那个罪魁祸首的壁炉说。

"可能是小宏又点着的吧。你老是不回来，她觉得冷，就……"

"大概是吧。"

我试着想象宏子的举动。父亲总也等不来，她便返回客厅点燃了壁炉。虽说我从来不让她靠近火炉，但四岁的孩子已经能够模仿父母的动作，点火这样的小事理应不在话下。但她却无法虑及通风的问题。我在出门之前又将窗户全部关上了，壁炉出现燃烧不充分现象只是时间问题。

思索至此，我心中疑窦渐生。早晨，我分明看见壁炉的燃油已经使用殆尽，如今却平白多出了近半桶油，到底是谁加进去的呢？然而，尚美也好，姐姐也罢，却都没有谈及此事。

我无法释然，却又疑心是自己记岔了。

"我打开门窗透气后，立即给医生打了电话，你姐姐也很快赶来了……"

"这样啊，这回也给你添了不少麻烦呐。"

"这是什么话呀……"

尚美垂下头，默默无语。

"我要是不去买东西就好了。"

我拍着桌子,"磁带这种东西到哪儿都能买到的。"

"这不是伸彦你的错!"

尚美的目光如泣如诉,"你本来可以很快赶回家来的,都是那两个强盗造的孽。"

我无言以对,无力地叹了口气。事到如今,不管再如何追究责任,宏子也无法复生了。

事故发生十余天后,我从住在隔壁的一位主妇那里听到了古怪的传闻。那位主妇住在我家后面,说是事发当日曾看到尚美从后门把煤油罐搬进我家里。

"煤油罐?你大约是什么时候看见的?"

我心中怦怦直跳,追问道。后门一侧的小库房的确是放置煤油罐的场所。

"具体时间记不清了,只记得是上午。"

女邻居想了好一会儿,又道:"但肯定是在事故发生之前吧。你想啊,谁会在壁炉导致孩子中毒之后再去添加燃油呢?"

"嗬……"

我困惑极了。女邻居是不会撒谎的,况且我也一直对燃油的突然增多心存疑问。如果说是尚美添加的话,那便十分合乎逻辑了。说不定她在事发之前就已经来到我家了。

问题的关键在于,她为什么要这样做。况且,她还对自己的这一行为讳莫如深。

另有一事也是个谜团。我家的客厅与厨房相连,当中用折叠帘幕隔开。据尚美作证称,事发当时这道帘子是合上的。我对此感到很不解。因为我不记得那天早晨自己曾经有过拉上这道帘幕的举动,想来也不会是宏子拉上的。

但是,如果帘子没有拉上的话便又与事故本身产生了矛盾。因为,根据专家意见,综合壁炉燃烧的时长和房间的尺寸来考虑,如果当时这道帘幕没有拉上,悲剧就不会发生。

我开始在暗中怀疑起尚美来。莫非是她有意让宏子中毒而死的吗?

这不可能,我立即打消了这个念头。尚美绝不会做出这种事来。然而,一考虑到作案动机,我的心中便产生了微妙的动摇。

在我与尚美的结合过程当中,最大的障碍就是宏子。

宏子对尚美怎么也亲近不起来。虽然尚美常来我家,我们三人也会在一起吃饭,玩耍,但宏子自始至终只把尚美当作外人看待。虽说她本是个认生的孩子,但对尚美如此排斥还是令我感到不可思议。

"可能是小宏还念着生母,才拒绝对我敞开心扉吧?"

曾几何时,尚美好像再也忍耐不住似的问我,我当即予以否认。

"没那回事,她母亲去世的时候,她还只是个婴儿呢,怎么可能对母亲念念不忘呢?"

"那这到底是为什么啊?是我做错什么了吗?"

"你对她很好,也没做错什么,宏子慢慢会懂事的。"

"嗯,那是当然呐……"

我记得这样的对话重复过数次,每一回尚美都摆出一副深为体谅的模样,但谁知道她心里到底是怎么想的?况且,宏子对尚美的态度越来越恶劣,在她四岁的生日宴会上,竟不让前来祝贺的尚美进门。尚美不知所措，最后只好回去了。

如果能把那样可恶的小孩除掉该有多好——

尚美心中会不会萌生这样的念头呢？我可没有能够将之断然否定的根据。

我试着推想尚美当日的举动。她原本确实是来我家测量房间尺寸的。但当她看到睡在客厅的宏子后，便歹念横生：在这门窗紧闭的房间里点燃壁炉，不就能导致这孩子一氧化碳中毒了吗——

又或许她并未心怀如此明确的杀机，只是想碰碰运气而已。毕竟点燃壁炉这一举动本身是构不成蓄意谋杀行为的。

尚美靠近壁炉要想点火，却发觉燃油快用完了。她知道里屋的仓库里有燃油罐，便加了油，点燃了壁炉。

确认壁炉开始燃烧以后，她紧闭客厅的门，并为了将事故现场营造得更为逼真，拉上了厨房与客厅之间的帘幕。随后，她出门转悠了几圈，掐算着时间差不多了，便再度进屋。

不出所料，宏子已经晕倒在客厅里。尚美打开门窗通风，并熄灭壁炉，叫来了医生。当然了，她就盼着宏子不治身亡呢。

至于那道帘幕的情况，她原本可能并不想提，却又怕因此与事故产生矛盾，露出破绽，便做了伪证。

经过这一系列推理，我对尚美的怀疑愈加膨胀起来，最终对此深信不疑。但我从未想过要将这种怀疑告知警方。我要亲自查出真凶。

不管结果多么可怕，我都必须做一个了断。

如果当真是尚美害了宏子，我也只有亲手杀死尚美来为女儿报仇。

"回答我!"

我用双手掐住尚美的脖子逼问道:"宏子是你杀的吗?"

尚美悲伤地凝视着我,闭口不答。

"是你给壁炉添油的吧?你干嘛要那么做?"

她依然沉默不语。我不明白她为什么不为自己辩护。

"为什么不回答我?说不出话来了吧,你无法否认自己的罪行了吧?"

她轻轻地摇摇头,微微启唇:"明明是……"

"什么?你刚才说什么?"

"明明是……蜜月旅行,明明应该很幸福的。"

我感到自己的面颊猛然绷紧了。

"如果不是你干的,就让我听听你的理由。好了好了,快给我说实话!"

然而,尚美依旧一言不发,还闭上双眼。她的胸部剧烈起伏着,深呼吸了几口,合着眼睛说道:

"如果你能下得了手……就把我杀了吧。"声音苦涩异常。

"这么说,果然是你……"

尚美沉默着,只是缓缓地吐着气。她就像一个被放了气的皮球,浑身没一丝气力。

"那好吧。"

我咽了一口唾沫,指尖加劲,掐了下去。

4

次日早晨,我独自前往餐厅用餐,那对老夫妇就坐在邻桌。

这家餐厅的服务员似乎总想把日本游客凑到一块儿。

我虽然不想和任何人交谈，但既然碰上了，也不好装作不认识。

"就你一个人吗？你太太呢？"老人问道。

"她有点不舒服，在房间里休息，没什么大碍。"

"这样可不行啊。"

老妇人开口说道："可能是累着了吧。今天还是好好歇息一天吧。"

"多谢您的关心。"

我怕他们继续询问尚美的事，微微点头致谢后便做出一副专心用餐的样子，其实我真是食欲全无。

吃完一顿味同嚼蜡的早餐以后，我没回房间，而是直接去了海滩。大清早的就有好几家游客在沙滩上玩耍了。我走到离他们稍远的地方，弯腰坐下。

我心不在焉地望着大海出神，突然想起几年前携前妻一起来夏威夷游玩的情形。那次旅行结束回家后，她就怀了孕，并如愿以偿地生下了女儿宏子——

我清楚地记得前妻出车祸那一天的情景。当我接到通知赶到医院时，她已经永远闭上了眼睛。宏子不知道发生了什么事，但看到我的泪水，便哇哇大哭起来。当时，我紧紧抱着宏子对前妻起誓：我要把你原本可以给她的爱也倾注在她身上，决不让这孩子受半点委屈——

然而，我终究没能照顾好宏子，她死了。

倘若这场悲剧果真是事故所致，我也并非不能释怀。但若是有人蓄意下此毒手，不论对方是谁，我必将血债血偿。

但是，难道当真是尚美干的？

事已至此，我又不得不承认，自己对她的怀疑再次发生了动摇。

尚美比我晚进公司，她开朗的性格，温文尔雅的举止吸引了我。我暗自思忖，这样的女性应该能够成为宏子的好妈妈吧。她对我似乎也颇有好感。

尽管如此，我依然久久迟疑着没有求婚。和我这样带着孩子的男人一起过，第一次结婚的她想必得吃不少苦头。

思前想后，我终于还是开了口。尚美当即干脆利落地表示："我，一定能成为一个好妈妈。"

言犹在耳，那日的她也不像是在信口雌黄。尽管这样的决心极易被岁月消磨殆尽，当时的我却深信不疑。

事到如今，纵使甜蜜的回忆在心头翻涌，却也于事无补了。好端端的蜜月之旅，我却只能一个人孤零零地呆在沙滩上。与此同时，我还在默默思考着应该如何处理尚美的尸体。

5

黄昏时分，房门突然被敲响了。站在门外的，仍是那位老人。

"一起喝杯酒吗？虽说这会儿确实有点早。"

他手里拿着一瓶白兰地，朝我眨眨眼。我找不出拒绝的理由，只好请他进房。

"嗯，你太太呢？"

他环视了一下房间，问道。

"她出去了，大概买东西去了吧。"

我强作镇定，自己也知道语调不自然得很。

"这样啊。她身体好些了吗？"

"嗯，托您的福，已经没事了。"

我准备好酒杯和冰块，摆到桌上。老人兴高采烈地落了座。

"你们常到国外旅游吗？"

他往两个杯子里倒着白兰地，随意地问道。

"没有，一两年才出去一次，而且就在近处转转。"

"就算是这样，还是惹人羡慕呐。我之前就说过吧，旅游还是要趁年轻呢。"

啜了一口酒，他指着放在屋角的旅行箱说："这箱子可真不小，我还从没见过这么大号的呢！"

"这是从前为了去欧洲旅行买的。就是个头太大，拿起来挺不方便的。"

那趟欧洲之行，也是和前妻一起去的。我甚至还清晰地记得她指着这个旅行箱时所开的玩笑："要是我钻进去当成行李被托运，还能把机票钱都省了呢。"事实上，身量矮小的人确实能够钻进这口箱子里。

"嚯嚯，这么大个儿，里面躺个人都绰绰有余吧！"

老人走上前去，目不转睛地打量着这个旅行箱，似乎很想打开它，瞅瞅里面的模样。我一声不吭。

半响，他试着提了提箱子，像是要掂掂分量。然而，箱子却纹丝不动。

"唔，沉得很呐！"

他脸上泛红，后退了一步。

"您夫人在房里吗？"

我问道。他苦笑了一下。

"她上午玩得太过火，这会儿说头痛，正躺着呢。"

"那您该担心了。"

"什么呀，很快就没事了。她那个身体，我比她还清楚呢。"

老人说着，开怀畅饮。

"您二位有孩子吗？"

"没有，就我们两个上了年纪的独自想法儿活着呢。"

老人的笑脸中看不出一丝寂寥。想必他早已熬过了那段备感寂寞的岁月了吧。

我紧紧盯着那口巨大的旅行箱，又啜了两口白兰地。心中默想着尚美收拾行李时的姿态，只觉得胃部一阵阵紧缩，像是被什么东西死死压住一般。

"我能问您一件事吗？"

我放下酒杯，望向老人，"您有没有想过……把夫人杀了？"

老人并没有显出吃惊的样子，只是缓缓将酒杯放回桌面。他凝视了一阵子天花板，视线终于又回到我的脸上，开口说道："有过。"

"什么？"

"有过。毕竟我们在一起生活已经有五十年之久了。"

他又把酒杯举到嘴边，抿了一口，像山羊似的蠕动着嘴唇，而后，咽了下去。

"这可真是想不到啊，两位的感情看上去好得很呢。"

"是嘛。但是，不管多么美满的夫妻都会遭遇危机哟。不，不仅如此。应该说正是因为彼此相爱，反而会误解对方的心情，最后弄得一团糟呢。"

"互相误解……"

"为对方的利益着想而采取的行动,却未能得到对方的理解,这就像齿轮倒转那般纠缠不清呐。然而,要让齿轮正常运转可也并非易事,因为这样做难免又会伤害对方。"

"齿轮……"我叹了口气,"如果只是误解,总会有开解的时候吧。"

我嘴上说着,心里却想,老人说的这套法则可不适用于我们目前所处的困境。若是尚美不曾杀害宏子,她为何不为自己置辩呢?

老人像是看穿我的心事,又道:

"到底是不是误解,要尝试着去解开才能明白啊。"

我吃了一惊,一时不知该如何回答,愣了一会儿才道:

"或许您说的没错。但是,不是有些案子永远都无法得到正确的审判吗?很多时候,真伪无从判断,却又必须得出结论,这可真让人伤脑筋呢。"

老人无声地笑了笑:

"不知如何断定真伪时便采取信任对方的办法好了。做不到这一点的人才真是傻子呢。"

说罢,他站起身来,"好啦,我也该告辞啦。"

我将他送至门口,老人又朝我转过身来。

"如果只是瞩目于对方的行为本身,误解自然很难消解。这一点,请你务必再好好考虑一下。"

我不明白他的言中之意,不知该如何接口。他微微一笑,自己开门走了出去。

房内只剩下我一个人了。我见杯中还剩了一点白兰地,便又喝了起来。

老人的话叫我颇费思量：不能只瞩目于对方的行为本身——

这到底是什么意思？是让我也思考一下自己的举动吗？可是，宏子惨死的时候我并不在场，即使想回忆起些什么，也全无头绪。

难道问题是出在我离家之前？但我确信自己将壁炉熄灭了啊。

然而，追想在那之后的情形，我心中稍稍动摇起来。一直以来，我只将壁炉视为罪魁祸首，却对其他状况视而不见。

但是，最为要紧的因素恰恰就隐藏其间。我却直到如今方才幡然醒悟！

我再也坐不住了，像一头熊似的在房间里狂暴地来回踱步。那个于我而言无比恐怖的推理过程正在逐步变得清晰可见，而这番推理足以让所有疑团都得到合理的解释！

那个老人无疑就是来指点我的。

几分钟后，我从房内奔了出来，跑过走廊，敲响了老夫妇的房门。

"你终于来了。"

老人迎了过来。我在屋内走了几步，在窗边的一把椅子面前停住了脚步。

"你为什么不早点告诉我？"我呻吟着说，"害死宏子的，其实就是我自己？"

"我……说不出口。"

尚美流着泪说。

6

"白天,我们发现你太太倒在树林里。"

老妇人牵起尚美的手,只见她的手腕上缠着绷带,想必是自杀未遂造成的。

"她对我们说,虽然无法阻止我们将此事报告警方,但请先听她解释。由此,我们得知了事情的全部经过。对于令爱的不幸遭遇,我们深表同情,也很理解为什么你会对太太产生怀疑。"

老人从旁说道。此时,我方才意识到,就在适才与老人谈话的当口,尚美恐怕已经在他们的房间里了。

我摇了摇头。

"您说的对,确实是我搞错了。"

"误解是经常发生的事,不用挂怀。倒是昨天夜里,你最终没有下手,这可真是太好了。"

听了这话,我羞愧难当。自己险些犯下多么愚蠢的罪行啊!

昨夜我本想掐死尚美,却下不了手。

而我停手的原因,却并非出于对她的信任,只是害怕担上杀人的罪名而已。

"你不杀我了?"

见我住了手,尚美反问道,我无言以对。

今天一大早,尚美便独自出去了,想必是与我待在一起太过痛苦的缘故。那会儿她可能已经动了自杀的念头,若非老夫妇俩及时发现了她,后果将不堪设想。

"真是对不住你了。"

我向尚美低头致歉，"我并不指望你能原谅我，只想请你告诉我一件事：是你把汽车引擎关上的吧？"

她仍然是一副不知所措的样子，却也知道再也隐瞒不下去了，便下定决心似的点点头。

"不错，是我关上的。"

"果然如此。而你为了掩饰这一行为，才故意将壁炉……"

我闭上眼睛，再也说不下去了。

这一切全是我的过错。由于那天清晨异常寒冷，所以我早早地发动了汽车引擎，想把它预热一下再出门较为稳妥。并将引擎开着，自己前往便利店购买磁带。

但是，那起抢劫事故却导致了我的晚归。其间，车内的废气顺着楼梯进入家中，并逐渐弥漫了整条走廊，而宏子想必正在那里酣睡不醒。这孩子在早晨总是这样。

我能够非常容易地想象出尚美来到我家时的情景。看到昏倒在汽车废气中的宏子，察觉到原因的尚美便想要帮我掩盖这个弥天大错。是她给煤油罐加了油，造成了宏子因壁炉燃烧不充分而中毒身亡的假象。至于作伪证，自然也是为了不让真相暴露了。

我丝毫没有意识到害死宏子的真凶便是自己，反而疑心极力袒护我的尚美，甚至还差点为此将她杀害！这是何等的可悲可叹呐。

膝盖处陡然脱力，我一阵瘫软，颓然垂首，眼泪啪嗒啪嗒地滴落在地板上。后悔与自责似乎要把整个身子都压垮了。

有人碰碰我的肩膀，抬头望去，只见尚美正痛苦地皱着眉头。

"真相……我怎么也说不出口，我不想看着你难受。"

说着，她面庞扭曲，强忍住悲痛微笑着说："以后可别再杀我啦。"

"尚美……"

"接下来嘛，"老人在我们身后说，"咱们四人一起去吃个饭怎么样？今晚我们夫妇做东。这可是你们两个年轻人的重生之夜，值得好好庆祝一番呢！"

尚美向我伸过手，我摇摇晃晃地站起身来。

 灯塔之上

1

那天，我在整理房间的时候找出一本旧照相本。其实，说是"找出"并不合适，因为这本照相簿一直存在于我的脑海之中。不管我把它藏在哪里，从来不曾将之忘却。

我把它放在书房的桌子上，郑重地翻阅起来。

翻到那一页时，我的手停下了。那上面贴着照片和一则从报纸上剪下来的新闻。照片上是一座白色的灯塔。

那件事已经过去十三年了。今年四月我已年满三十一岁，佑介也该三十二岁了吧。

那件往事尘封在我心底，从未对任何人讲述过。

十三年前的秋天，我十八岁，佑介十九岁。

佑介是我的同班同学，但由于出生年月的关系，他整整大我一岁，在班里也最为年长。

我和佑介从幼儿园起直到大学一直都在同一所学校念书。这一巧合除了我们两家住得很近的缘故以外，大概只能用神秘的超自然力量来进行解释了。上大学以后，虽然我们进了不同的院系，但由于宿舍楼挨得很近，所以还是可以时不时地见上一面。

我们俩的关系当然不坏，但也谈不上是什么密友。佑介对我俩友谊的评论就是"不错"二字。

"关系不错"——这话从某种程度上来说倒也很是恰当。我们的友情就像两条丝线，历经复杂而漫长的岁月，彼此紧紧地缠绕在一起。

大一那年的秋天，暑假刚过，天气依然炎热异常。我想为学生时代多留下一些回忆，又想锻炼锻炼自己，便打算独自外出旅行一趟。

也不知道佑介是从哪儿听来了这个消息，他突然起劲地找到我，说想跟我一块儿去。见我面露难色，他建议道：

"那这样好了。我们沿着相反的方向各玩各的，回来以后再比比谁的经历更有意思。"

"为什么要这么干？"

"没有什么为什么，这就是一个游戏啊，游戏！你看怎么样？"

"看来我不让你去都不成啦。"我说。

这个提议虽然古怪，我却能模模糊糊地明白他的用意。或许他认为我根本就没有独自旅行的能力。在佑介的人生大戏之中，我始终扮演着怯懦无力、没有他的帮助就注定将一事无成的角色。

我们决定使用周游券漫游东北地区。行程不定，只要能尽量多玩一些地方就好。

虽说是分头行动，我们仍然搭乘同一辆列车出发，只是在不同的车站下车罢了。我打算先行周游东北的南部地区，佑介则打算一气朝青森县进发。

"你今晚打算住哪儿？"

列车启动后不久，佑介问道。

"我已经在车站附近的商务旅馆订好房间了。"

他听后，从鼻子眼里轻蔑地哼了一声。

"单人旅行就不该住什么旅馆，你这位公子哥儿也就这点能耐。你看我就完全不靠那些，大不了在车站的候车室里猫一晚就是了。"

我听他这么说，心里多少有些不痛快。

"我从明天开始就要露营了，早做好准备了。"

"我劝你还是小心点吧。平日里你又不好好锻炼身体，到时候要吃不消的。"

"就这么几天工夫我能坚持下来。"

"是嘛，要我说，你还是不要太勉强了。独个儿旅行不适合你啊。"

说着，佑介在我肩上重重拍了一下。

之后，我们随意闲聊着打发时间。虽说是"我们"，但大多数时候都是佑介在自说自话。他得意地吹嘘着社团生活如何丰富多彩，自己如今又是如何享受着完美的大学生活，就像是故意要让我好好领教他的丰功伟绩似的。

"领教"——还真是这回事儿呢。佑介见不得我满怀自信地独自踏上旅途，所以才想出了这个与我比试高低的主意，打算将我一举击垮，再度陷入自卑的深渊。

由始至终，我都是一个缺乏自信的人。

因为缺乏自信，所以我习惯于躲在别人身后。

这个"别人"就是佑介了。我的存在使他得以扮演一个能为友人遮风挡雨，器宇轩昂的英雄形象。

我回想着，我俩到底是从什么时候开始形成这种关系的？应该可以追溯到幼儿园时代了吧。那时候的我身材矮小，成天就知道藏在几乎和高年级的同学一样身强力壮的佑介背后。

不管是谁在佑介面前都甘拜下风。只要他一声令下，全班同学都像训练有素的军队一样忠实地予以执行。当然啦，他那副骄傲自大的做派也会招致同学的不满。大家不敢招惹他，却会把气撒在最为弱小的人头上——那就是我了。为了自我保护，我只好选择藏身于佑介之后。佑介似乎也非常享受这种被人依赖的感觉。

上中学以后，我的体格渐渐赶上了众人，佑介的身高在班里也已经不再显眼，但我俩的力量对比关系仍然没有发生变化。佑介是领导，我则是助手或小喽啰，跟在他身后，能经历许多意想不到的趣事。老实说我对此倒也甘之如饴。

上了高中，对异性的关注意识逐渐觉醒，他开始以一种新的形式使唤我：在和女孩子约会的时候拉上我当陪衬。和我这样缺乏男性魅力的同伴站在一起，他在无形之中便显得更为高大。

当时的我被迫充当这种角色，心里自然很不痛快。但事到如今再冷静下来想想，他逼着我当陪衬也并非只是想在女生面前露脸，可能也因为初中时代呼风唤雨的佑介在上了高中之后不再出众。学习也好，体育也罢，他样样平庸，再没有人害怕他，也没什么人特别尊重他的意见了。

　　自尊心极强的佑介无法忍受这种突如其来的转变。为了使自己地位的下降不那么明显，他需要把一个更差劲的对象带在身边作对比。这个对象自然还是我。只要我像往常一样对他言听计从，佑介就可以继续品味那份优越感，并因此得以维护他那强烈的自尊心。

　　列车在山腹中行驶着。

　　佑介闭上了眼睛，也不知道是终于说累了，还是已经无话可说了。我凝视着他的侧脸，像是感觉到了我的目光，他睁开眼睛，朝我望来。

　　"怎么了，干嘛盯着我看？"

　　"没什么。你刚才睡着了？"

　　"是啊。"他用指尖揉揉眼皮，"一下子就睡过去了，我在旅行时常这样。我这个人呐，不管在哪儿都能马上入睡，这也算是我的优点之一吧。"

　　又开始自吹自擂了吗？我强忍不快，微微苦笑了一下。

　　"你刚才也睡了？"

　　"没有，我不困。"

　　"是吗？该睡的时候就得睡，这可是消除疲劳的秘诀哦。你这人就是神经质。安眠药带好了吧？"

　　"带了。"

　　"嗯，那就没问题了。"

　　佑介歪着半边脸颊笑了，"就连我也总是把一种叫做波旁的药放在背包里呢，也算是一种安眠药吧。不过药性不强，独自旅行时还是应该时刻保持头脑清醒哦。"

听他言中之意,又在指摘我的不是。千万别放在心上,我告诫自己。

此次旅行的最大目的就是使自己在精神层面上变得更为坚强,同时也有把与佑介十多年以来的力量对比关系做一次彻底清算的愿望包含其中。只要对自己满怀信心,那种在佑介面前毫无来由的自卑感也将不复存在吧。

当然,佑介必然对此心怀不满。他怎么会允许一直处于自己支配之下的小跟班突然想要独立的想法呢?所以他才想出这个主意,目的是为了在旅行结束以后对我的行程和经历讽刺打击一番,以维持我俩在精神层面上一贯的不平等关系。

这回绝对不能输给他,我心想。这次旅行,我可不能只是走马观花地看过就作罢。

我们从上野乘了大约五个小时的列车,到达了仙台站。佑介信心十足,望向我的时候还露出些许揶揄的神色。然而,就在我们挥手告别时,他的眼神中突然流露出不安和迷茫,这倒让我很是意外。

在仙台住了一夜后,我游览了松岛和石卷,并于次日途经平泉到达了花卷,在作家宫泽贤治老家附近的一处民宅住了下来。

是夜,我心中突然感到焦虑起来,因为我在旅途中至今也没能邂逅任何奇闻逸事。既没有与女大学生结识共度良宵,也没有与当地人结为好友,共同探访神秘未知的世界。

此时此刻,佑介正在干些什么呢?我躺在被窝里,凝视着天花板沉思默想。他那个人是情场老手,相貌又英俊,这会儿大概已经有女伴儿了吧。事后,他自然又会在我面前大肆吹嘘,从而再度摧毁我好不容易建立起来的些许自信。

明天还是到日本海去吧，我想。与大海的波涛汹涌相比，自己的这些烦恼不是显得非常琐碎和愚蠢吗？

那里说不定可以让我焕然一新。

2

我乘坐列车来到日本海附近，在 X 车站下了车（隐去站名当然是有理由的），并在那里乘上一辆巴士。这车像是已经开了几十年了，椅套破破烂烂的。路况也很差，颠得我屁股生疼。车上另有好几名乘客，有几个人一看就是当地人，还有两名年轻女性，像是坐办公室的。我想上前搭讪，却又没那胆量，胡思乱想之际，错过了时机，巴士已经在目的地停了下来。

那是日本海的一个小海角，空旷的原野一望无际，只有一座灯塔突兀地立在那里。除此之外，就是一些观光客拖着疲惫的步伐摇摇晃晃地走着。

我站在海角顶端俯视着大海。只见巨大的岩石遍布海滩，波浪汹涌地拍击着海岸。我并未感受到期待当中的冲击和震撼，心中不免有些沮丧。

走过灯塔跟前时，我看到一同乘坐巴士的两名女性走了进去，便也迈步跟了过去。反正周边也没有其他地方可供玩乐。

一进门，我就看到一名男子坐在一个接待窗口模样的地方收取登塔费。他三十岁上下，戴着眼镜，皮肤黝黑，双臂异常粗壮。

我顺着盘旋楼梯登上了灯塔顶部，从这里眺望到的景色也没有想象中那般激动人心。我兴味索然,决定再绕着灯塔转一圈就离开。我可没有在这种地方磨磨蹭蹭的闲暇,更何况今晚住的地方还没有着落呢。

正当我想下楼时,边上忽然传来一个男子的声音:

"请问你是一个人在旅游吗?"

我寻声望去,只见说话的正是刚才那个收费的男子,靠在栏杆上注视着我。他的身材高大强壮,胸脯极为厚实,像是要把白衬衫的扣子都崩掉一般。一架粗犷的双筒望远镜垂在他的胸前。

我应了一声"是",他藏在眼镜后面的眼睛眯了起来。

"那可真叫人羡慕呐。也只有年轻人才有空这样玩喽。你是学生吧?"

"是的。"

"大学的……"

他的双臂环抱在胸前,把我粗粗打量了一阵,问道:"大概是三年级吧?"

"你猜错了,我才一年级呢。"

"嗯,那就是才考上大学了。所以才要出来好好放松一下吧。"

"应该说我是想干一些只有现在才能干以后就干不了的事情。"

"原来如此。"

他好像也曾经历过这样的青葱岁月,点头不迭。

"你正在东北地区转悠?"

"是啊,如果有时间的话,我还想到北海道去玩呢。"

"嗯,那挺好的。怎么样,玩得还高兴吧?有没有喜欢的地方?"

"这个嘛……嗯,有几个地方还挺不错的。"

"比如说呢?"

我有点为难,转过脸去,日本海进入了眼帘,便道:"这里就很好啊,虽说不是什么旅游胜地,但反倒比有些名胜古迹更耐看呢。"

对当地人恰当地恭维一番肯定没错。果然,他露出十分高兴的样子。

"嚯嚯,中意我们这儿吗?正像你说的,这里可是个不为人知的好地方呢。特别是从这个灯塔望出去的景色简直美极了,就连心都好像被洗得干干净净一样呢。"

他面朝日本海深深地呼吸了一口,又朝我转过身来,"下去一起喝杯咖啡怎么样?不过是速溶的哦。"

这段经历应该能向佑介吹嘘一番了吧?我喝着塑料杯里的速溶咖啡心想。这也算是和当地人打成一片了呢。

这名灯塔管理员姓小泉,一个人在这里工作。

"就您一个人吗?一直都是如此?"

我有些惊讶地问道,他苦笑了一下。

"那倒不是,有一名同事和我搭班。我们刚换过一次班,从今天夜里到后天中午轮到我当值。"

"就算是这样,也够呛得很呢!"

我环视了一下观测室。这是一个大约十平方米的小房间,屋内放满了各式各样的计量器具。一台扫描记录器正在工作,均匀地在记录纸上画出红、黑和蓝色的线条。

我坐在靠墙的一个破旧的沙发上，边上放着一张小矮桌，小泉就坐在桌子对面。

"今天天气不错啊，我们去看落日怎么样？"

他看看手表说。我也看了看腕表，快五点了。

"从这里看到的夕阳很特别哦。你见过太阳沉入大海的景象没有？"

"那倒没有。"

"是吧。即使是住在太平洋边上的人们也只能见到太阳从海平面上升起，却见不到太阳落入大海的壮观景色呢。咱们一起去看吧，我知道有个不错的地方。"

灯塔管理员手一拍大腿站起身来。

"您走得开吗？说不定还有观光客要来呢。"

"没事，你刚才乘坐的巴士是来这个地方的末班车，所以今天不会再有客人过来了。再说，灯塔观光只开放到五点为止，早些闭塔也没问题。"

"这样啊。"

既然如此让他带我逛逛也好，我心想，能得到当地人如此称许的地方肯定错不了。

我刚想背上背包，他又道："就把东西搁在这儿吧。我们还得爬山呢，背个包挺不方便的。"

"但是，我想看完落日之后就直接乘巴士离开此地呢。"

"我们及时赶回来就行了，肯定能赶上。万一错过了，我用车把你送到最近的车站总行了吧。"

"那可太麻烦您了。咱们还是早去早回吧。我就带个相机过去。"

我俯身从背包中取出相机。就在那一瞬间,我心中忽然隐隐浮起一种不安来:他是怎么知道我乘坐的是末班巴士的?

与此同时,我还想起了他胸前挂着的双筒望远镜。

"快走吧。要是错过按快门的绝佳时机,可就要遗憾喽。"

我正在胡思乱想,他放下白衬衫的袖口催促道。

"好,咱们这就走吧。"

我把照相机拿在手里,跟在他身后。他怎么可能一直在监视我呢?我心想。

3

小泉走得很快,我们赶了好一会儿路,还不见太阳落山的迹象。早知如此还不如把背包带在身边呢,我心生懊悔。

我们一边俯视着左手边的海岸,一边在杂草丛生的原野上走着。

"前面有一处地方鲜花盛开,漂亮得很呢。"

小泉指着前方一处隆起的小山说。他对时间好像并不在意。

我们又走了一阵子,到了他刚才手指的地方,却并没有看到什么漂亮的花朵。小泉见我东张西望,便道:

"就在那儿啊。你看,看见了吗?"

说着,又指指前方。我这才看见在距离我们两百多米的地方,一处面朝海洋的斜坡之上正密密麻麻地开放着白色的花朵。

"就是那里了,我们过去吧。"

他说着,在我面前轻轻招了一下手。

"不用了,到这里就可以了,没多少时间了。"

"是嘛,那就在这里看夕阳好了。"

他坐在草地上,我也在他身边坐下。

"小泉先生常常来这里散步吗?"

"是啊,这可是个好地方呢,不管来多少趟都不会腻味。我对这里的季节变换也了如指掌。这就是在城市里生活所不能体会到的乐趣了。"

"我还真羡慕您呢。"

"是吧?你要是也有这样的机会就好了。"

"是啊。"

我点点头,又看看手表。乘车时间已经迫近了。还是回灯塔去好了,我心想。

"今晚住的地方已经定下了?"

他好像觉察到了我的心思,问道。我摇摇头,回答说所以我想尽快返回 X 车站,好给自己物色一个歇宿的地方。

"既然是这样……"他说,"你今晚就在这里过一夜怎么样?"

"在这里过夜……您是说,在灯塔吗?"

"是啊。"他点头微笑道。

"我们平时都是在这里睡的,所以被褥什么的都有。才两个人嘛,可以宽宽敞敞地睡得很舒服呢,就是不太干净,嘿嘿。"

"那可要打扰您休息了。"

"没事。就我一个人,孤单得很,正想找个人说说话呢。"

"但是……"

"别犹豫了,就这么着吧,也省得去住贵得要命的旅馆了。"

"那我可就叨扰啦。"

我一冲动就应了下来。在灯塔过夜可也称得上奇事一桩了,可得和佑介好好说说，省得这家伙总以为我是那种只会住旅馆的公子哥儿。

"好嘞，那就这么定了。咱们还得想想晚饭该怎么办呢。我们一起去买点什么可好？"

小泉站起身来，我有些手忙脚乱。

"那个，我们不是还要看太阳沉入海中的景象吗……"

"啊，对了对了。我光顾着说话，连要紧事儿都忘了。"

他苦笑了一下，又坐回草地上。

待我把太阳落入日本海的美景拍了个够，我们便往回走去。步行了大约十分钟左右，一家小小的食品商店出现在面前。

"虽说人在旅途，可也没必要勉强自己去品尝当地的土特产。倒是好好感受一下这里的风土人情更为重要呢。"

说着，小泉往购物篮里放了些咖喱调料和橄榄油渍沙丁鱼罐头。大老远来到这里还得吃速食产品，我有些不痛快，却也说不出口。

走出食品店，他又到隔壁的小酒家买了两瓶一升装的地方土酿。

"咱们这样相逢也算是缘分了，今夜就一醉方休吧。你能喝酒吧？"

"嗯，能喝一点。"

大概是遗传的关系，我的酒量倒是挺不错的。

等我们走出小酒家的时候，那家食品商店已经关门了，周围的一些商店也纷纷做着打烊的准备。一时间，幽暗的小道上只有我们两人默默行走着。

走过巴士车站时，我不经意间看了一下时刻表，突然发现 X

车站有临时巴士，距离发车大约还有十五分钟。我不由停下了脚步。

"怎么啦？"

走在前面的小泉停步问道。

"小泉先生，我还是走吧。这里有临时巴士可以乘呢。"

"你说什么？"

他转过身来，看看时刻表，又低头看了我一眼，眉头紧锁。

"但你也没有住的地方吧？"

"这个嘛，我总能想出办法来。大站附近肯定会有商务旅馆的。"

"真扫兴啊！"

他发泄似的大声说道，"这样旅行多没意思，不就是乱花钱嘛！别多说了，就在我这里睡一晚吧！"

"可是……"

"我们吃的东西都买好了，连酒都准备下了，请你别让我失望嘛。况且，你还是个学生呢，住旅馆也太奢侈了吧！"

小泉的声音里明显含着怒意。我有些害怕，心想他何必这么较真呢。大概是看我一个学生单身旅行，想施以援手。一片好意却又遭到了拒绝，所以有些恼羞成怒吧？

如果真是那样，我倒是不便拒绝他的这番好意了。

"好吧。那我在您那里打扰一晚上啦。"

"啊，这样就再好不过了。"

小泉重重地点了点头，双手拎着食物和酒，继续向前走去。

返回灯塔之后，我们就马上开始张罗起晚餐来。其实也就是把咖喱热一下，再把罐头里的沙丁鱼倒进塑料餐盘而已。这里也没有像样的炊具，我只得随手拿起一把刀刃已经卷起的水果刀切奶酪。

晚餐终于准备好了。小泉拿出两只杯子，满满地倒了两杯酒。

"为你一个人的旅行干杯！"

"多谢您啦。"

我们碰了碰杯。

一瓶一升的酒，眨眼就见了底。小泉喝得很快，我也被他劝得兴奋起来。

"啊，你还真能喝呐。"

他边开第二瓶酒边说，"经常喝酒？"

"喝得倒是不多，不过挺喜欢的。"

"喜欢喝哪种酒？威士忌？"

"我也没有特别喜欢的。但在我的朋友中间倒是有人只爱喝波旁威士忌酒呢。"

那就是佑介了。

"嗯，我只喝日本酒。像威士忌和白兰地那样的洋酒，价格贵得出奇，可一点也不上口。"

他说着，又为我满上。

我们一边喝酒，一边闲聊。从彼此的身世到文化、体育，无所不谈，还大声发泄着对当今政坛的不满。刚才还是素不相识的陌生人，转眼之间就打得火热，这种转变所带来的紧张和兴奋是我有生以来从未体验过的。

第二瓶酒也喝了一大半。

"我说啊,"

小泉唇边渗出意味深长的笑意,有些醉眼矇眬起来,大概已经喝得差不多了。我觉得自己倒还清醒得很。

他竖起一根小指,问道:

"有过那方面的经验了吗?"

"啊,那个嘛,说不好……"

"什么呀,卖什么关子呀,你有女朋友吧?"

他嘲弄地看着我,露出两颗门牙。牙缝里塞着刚吃的沙丁鱼皮。

"现在没有,不过高中的时候交往过一个。"

"嗯。那后来为什么分手呢?"

"也没什么特别的理由。因为她父亲到国外工作,所以她也跟着去美国读大学了。我们觉得以后很难再见面了,就……"

我刚说到这儿,小泉便捧腹大笑起来。

"这算什么呀,原来你被她甩了呀!"

"但我们现在还通信呢。"

"是嘛?不过信嘛……"

他又往自己的酒杯倒了酒,一口气喝了半杯。然后用手背擦了擦嘴角,"那么,你和那个女孩发展到哪一步了?"

"什么意思?"

"少装糊涂了,你们俩到底做过那个事没有?"

"啊……"

我不知该如何回答。思前想后,只好简单地说:"这个嘛,就由您自个儿去想象吧。"他还是不肯善罢甘休:"是吧,我就觉得你有过那方面的经历呢。"

他好像很满意似的连连点头,然后抬起脸来,又问道:"那是你第一次做那种事?"

我差点被酒呛到。

"这个也留给您想象。"

"什么呀,老老实实地说给我听嘛。你不会是同性恋吧,哈哈。我还没喝够呢,要是再多买一瓶酒就好了。"

他倾过酒瓶,我像条件反射一样递上杯子。就这样,与这位灯塔管理员待在一起让我渐渐觉得痛苦起来,却又不知该如何脱身。

4

自打决定要在灯塔过夜之后,我就估计今晚是泡不成澡了,因为这里的条件实在简陋。所以当小泉备好浴池请我洗浴的时候,我吃了一惊。

"只要洗得快一点就行。泡澡最能解乏了。"

浴室在走廊另一侧。我又问小泉更衣室在哪里,他苦笑着答道:

"我们常常是独自一人待在这里,这种设施早就变得可有可无了。你在这里脱就成。"

"那,我就失礼了……"

我在观测室里脱了衣服,折好摆在长凳上。然后从背包中拿出洗浴用品,穿着三角裤向浴室走去。

"把短裤也脱了吧?"

背后传来小泉的声音。

"不用了，我就简单地洗一下。"

"这样啊，那就算了。"

浴室比想象当中更为阴暗狭小。圆筒形的澡盆好像是由古旧的大鼓改造而成的。我舒舒服服地泡了好一阵子，又站起来冲洗身体。就在此刻，门忽然被推开了。

"水温怎么样？"

小泉问道。

"正合适。"

"那就好。要我帮你搓搓背吗？"

"哦，不用了。"

"别客气嘛。"

"我可不是跟您客气，是自己已经洗过了。"

"好吧。"

他沉默了几秒，然后低下头注视着我。我感觉到他的目光，便随口问道："怎么了？"

"不不，没什么。我去准备睡觉的地方。"

说着，他就带上门出去了。

我洗完澡后，又穿上之前的那套衣服，走出浴室。虽说带了替换的衣物，但万一睡觉的地方脏兮兮的可就麻烦了。

正当我坐在长凳上看书时，小泉走过来说："卧室就在隔壁房间，床上的毯子随便用。请早些休息吧。我先去洗澡。"

"有劳您了。"

我把书放在一边，朝隔壁房间走去，那里大约只有三平方米大小，几条毛毯就把房间塞得严严实实的。我也不知道该把哪条毛毯盖在身上，哪条铺在身下，就胡乱拿起一条把身子裹起，躺了下来。

这个房间没有窗户,我望着斑斑驳驳的天花板出神。才过了五分钟,小泉就走了进来。

"您洗得可真快。"

"是啊,就是把汗水冲去而已。"

穿着运动衫裤的灯塔管理员高大强壮,肩膀和手臂的肌肉像哼哈二将那样结实。他关了灯,在我身边躺下。

我闭上眼睛,一动不动地躺着,感觉自己正在慢慢沉入梦乡。大概是酒精终于开始发挥作用了,我的头昏昏沉沉的,父母和小妹的脸庞模模糊糊地浮现在脑海当中——他们大概做梦也想不到我会在这种地方过夜吧。

就在这时,我猛地睁开眼睛。下腹部传来异常的触感。

我缓缓扭头,想弄清楚发生了什么事。结果竟然发现我的牛仔裤拉链已经被人拉开,一只手正隔着三角裤抚摸我的私处。

小泉的头就靠在我的腰部。

我的心脏开始快速地跳动起来,身体像结了冰一样硬邦邦的。

原来如此。

我这才明白自己原来是这个灯塔管理员的猎物。他用双筒望远镜观察着每一个从巴士上下来的乘客,然后寻找自己喜欢的年轻男性,我不幸被他选中了。

我全身出汗,紧张思索着应该如何是好。可不能随随便便就和他撕破脸皮,这个男人像大猩猩一样强壮,和他搏斗肯定是没有胜算的。

他的手指已经伸进了我的三角裤里,再这样迟疑下去可不行。我装作沉睡不醒，嘴里嘟嘟哝哝的，翻过了身。他吃了一惊，猛地把手缩了回去。

我面朝墙壁，屏住了呼吸，恐惧和不安在脑海中像漩涡一般飞速旋转。我无法预计他接下来会采取怎样的行动，背对着他令我更为焦虑害怕。我很想把拉链拉上，却又怕他知道我已经醒了。

我就这样僵直着身子躺了一会儿，他又把手伸到我的腰上，开始缓慢地抚摸起来，似乎是在确认我到底有没有睡熟。我可不能继续保持沉默了。

我下定了决心，假装"嗯"地呻吟了一声，又翻了个身。他的手再次缩了回去。我清咳一声，懒洋洋地抬起上身，还装出一副被吵醒的模样，用力搓了搓脸，伸了个大大的懒腰。他也赶紧俯下身去装睡。

我一边提醒自己不要操之过急，一边向门边匍匐爬去。随后，踩着运动鞋的鞋帮往外就走。我想让他误以为我是起床上厕所，便打开卫生间的灯，随即快步来到了观测室，幸好那时候把行李放在这里。

我穿好运动鞋，拉上牛仔裤的拉链，打开铝制窗，先把背包放到外面，紧接着自己也顺着窗框爬了出去。

灯塔外侧还有两堵高约两米的水泥围墙，我背着背包，使出吃奶的力气拼命攀爬。那家伙似乎马上就要追出来了。我从墙上纵身跃下，借着月光的些微光亮没命地奔逃。那里没有路灯，四周一片昏黑，我对此心怀感激。

是夜，我生怕小泉追来，不敢睡在巴士车站里，就在离车站不远的草丛里钻进睡袋过了一夜。

天亮了,头班巴士早早地停在站上,我睡眼惺忪地上了车。昨夜根本睡不着,刚要入睡,就梦见那男人又追了上来,便立刻吓醒过来。

我坐在车上,朝窗外眺望着。这个地方,我怕是再也不会来了。

到达X车站以后,我又乘上电车,前往和佑介约好的车站。我在一家小饮食店里坐着等他,思考着该如何把昨晚发生的故事讲给他听。

佑介比约好的时间晚到了大约半个钟头,但他毫无歉意,一坐下就嚷道:

"昨晚真是太棒了!我在远野市碰到一个女招待,她一个人住在盛冈,我昨晚和她共度良宵来着,这女的比我还大上了一岁,充满成熟女性的魅力哦。"

"是嘛……"

"能在独自旅行时碰上这种事也算不错了。你怎么样?有没有什么奇遇可以说来听听的?"

"嗯,有啊。"

就在那一瞬间,一个念头突然闪过脑际。这个念头太过邪恶,但就是把我的心给牢牢抓住了。

"那就说来听听吧。"

"我想想啊,什么中尊寺啦……"

我把前天的经历讲述了一遍。佑介听到一半忽然哑然失笑。

"跟我想的一模一样,你总是那么循规蹈矩的,连一点冒险行为也不敢尝试?"

"那也得找到机会呀。要说起来,昨晚我本来倒是可以在一个古怪的地方过上一夜的。"

"古怪的地方?"

"是一座灯塔呢。"

我把在那个小海角游玩的经历告诉了佑介,又说自己最终还是在X车站过的夜。

"那地方的奇闻在游客中间口口相传。大伙儿都说,那座灯塔偶尔会向路过的旅客免费提供食宿,然而,迄今为止,并没有多少人享受到这一待遇。这座灯塔在东北地区也算是一个传说了吧。"

"这可真有意思呐!"

果然不出我所料,佑介大感兴趣,"那我今晚就到那儿去看看吧。"

"你能行吗?我听说灯塔管理员可是一个恐怖的男人呢。"

"没问题。我可不想老和你呆在一块儿啊。"

他扭曲着嘴唇笑道。

5

和佑介分手以后,我北上到了青森县,随后游览了恐山,又返回青森车站,住进了一家商务旅馆。我一边洗澡,一边想象着灯塔之上的盛宴。

今夜,灯塔管理员肯定还会去买那种当地土酿,而佑介则会痛饮波旁威士忌。他们两人将喝得不亦乐乎,不醉不归。

佑介的酒量也很好。平素的他应该和昨夜的我一样,不会轻易醉得不省人事。

但今夜的情况会有所不同。

今晨与他见面时,我趁他上厕所的当口,从他的背包里找出波旁酒酒瓶,把我随身携带的安眠药放在里面。

今夜,他酒量再好也会沉睡不醒吧。

然后会发生什么事呢?——

次日,我乘坐巴士翻过八甲田山,在奥入濑下车,步行至十和田湖。只见许多学生模样的年轻人正沿着溪流漫步。我乘坐观光船游览了十和田湖之后,又坐巴士来到了盛冈。

在盛冈,我找到一家兼做椀子荞麦面店的旅馆住了下来。椀子荞麦面是盛冈的地方小吃,在小碗内盛入一口就能够吃尽的荞麦面条,以不断添加直到客人叫停为止的吃法而闻名。我足足吃了七十二小碗,肚子都快要被撑破了,终于招架不住,回房休息。

我随手打开电视,心不在焉地看着新闻。一则报道突然进入眼帘,我大为震惊,几乎跳起身来。

以上就是十三年前那桩往事的大致经过了。

次日,我赶紧买来报纸进一步了解了这起事件,还把报道的相关部分仔细剪下,夹在东北地区的导游书里面。

那张剪报,现在就贴在这本照相簿里。

见过这张剪报的人,除了我之外就只有佑介了。旅游结束以后,我们又见了一次面。

他的照相簿如实记录了他那截至小海角便戛然而止的行程。而他注视着我的照相簿时的表情,令我至今难以忘怀。

对于我将这则新闻剪下并贴在本子上的举动,他什么也没说,也没问这是什么意思。

我自然也不会多说什么。

关于此事,我们两人恐怕都是无话可说吧。这样倒也能省去不少麻烦。

合上照相簿之前,我又把那则旧闻读了一遍——某个小海角的灯塔管理员在深夜被杀死在灯塔之上。

凶器是一把水果刀。我知道肯定就是那把刀刃已经卷起的小刀了。

根据警方推测,死亡时间大约在清晨五点到八点之间,被害人在睡梦中被杀害于卧房之内。现场没有发现打斗的痕迹。毛毯上沾有被害人的精液。

我对两人之间的纠葛怀有浓厚兴趣,却也无法向佑介询问此事。

我静静地合上照相簿。恐怕又要等上十余年才会再度翻阅了。

话又说回来,不管发生什么事,我和佑介之间的"良好关系"恐怕仍将长久地持续下去吧。

 新婚照之谜

1

　　我可不认识什么叫做山下典子的人呐,智美一边思忖着,一边拆开蓝底印花的信封,只见信纸上密密麻麻地布满了小巧圆润的字迹。
　　——嗯?难道是那个典子?
　　智美有些焦急地展信读了起来。
　　这封信果然是老朋友长谷川典子寄来的。

　　"智美,好久不见了,你好吗?我让大家操了好些时候的心,这回总算当上新娘了。这一路走来起起伏伏的,我也算是历尽波折了。
　　"正当我即将坠入三十岁这道深渊时,这个名叫山下昌章的人解救了我。他是新潟人,比我大一岁,是公司的同事,这也算是职场婚姻吧。

"智美你也清楚吧，我的理想对象应该长得眉清目秀，鼻直口方，肌肤光滑，呈巧克力色，不生粉刺。肩膀宽阔，臀部结实，体格像运动员一样高大魁梧。山下昌章却连这十分之一的条件都不符合。是朋友介绍我跟他认识的，说是人很老实。他的身材倒也强壮，做丈夫算是合格了。只是他喜欢收集蝴蝶标本，这可真叫我伤脑筋呢。两居室的小房间都叫这些让人看了心里不痛快的标本盒占满了，里面还尽是些飞蛾似的玩意儿。前阵子，我已经和他说好了，日子难过，你这个兴趣价值不菲，还是适可而止吧。说真的，我们这儿的物价可一点也不低呢。

"智美你过得怎么样？肯定正在有条不紊地扮演着职业女性的角色吧。我也知道你忙，不过如果抽得出空来，还请到我家来玩。

"又及：我们也花不起那个钱，连婚礼都没办。随信附上合影一张。"

——哼，什么叫做有条不紊地扮演着职业女性的角色？你是想说我是个老也嫁不出去的女人吧。

把信连读两遍以后，智美在心里狠狠地抱怨道。然而她却并未感到丝毫不快。两人从学生时代起就常这么互相取笑着闹着玩儿，早就习惯了。

两人同是东京某短期大学的学生。智美家住埼玉县，每天花大约一个半小时来校上课；而出生于石川县的典子则在东京租房住下。因此，每当智美在市里玩得太晚回不了家时，就到典子那里借宿。

毕业后，智美在一家小出版社找到了工作，开始独自一人在东京生活。典子则因反感东京巨大的生活压力，回到老家，在她父亲工作的公司上班。

　　最后一次见面已经是很久以前的事情了吧，智美心想。大约在三年前，典子因公来到东京，便约了几个朋友聚了一次。那个时候，尚未结婚的只剩下典子和智美了，有两位朋友甚至早已当上了母亲。大概是同病相怜的缘故吧，智美和典子两人聊得热火朝天。而别的朋友尽在吹嘘自己的丈夫孩子，无趣得很。

　　那个典子，也终于结婚了。

　　——嘿嘿，这也算是水到渠成了吧？

　　智美叹了口气，朝信封中看去，只见里面放着一张照片。看典子在信上的描述，对丈夫的长相有诸多不满，但说不定是个帅哥呢。智美心中怦怦直跳，取出照片，只见上面有一男一女。男的虽然说不上英俊，但身材高大挺拔，正眯缝着眼睛微微含笑，显得很是温柔可亲。

　　——典子啊，这不是挺好的嘛。

　　智美心想，又将视线移向照片上的女子，却突然"啊呀"一声叫了出来："这，这是怎么搞的？"

　　照片上的人不是典子。身材和发型虽然相似，脸庞却迥然不同。

　　——这是怎么回事？

　　智美凑近细看。照片上的人影颇为清晰，两人依偎在一起，看背景是在金泽城拍的。

　　——不对，这不是典子。这家伙，怎么给我寄这样一张照片过来？

　　智美把信和照片摆在面前苦心思索，却怎么也找不出合理的解释。难道是一时没留神拿错照片了？但典子从学生时代起就是个谨慎小心的人，无论如何也不该犯下这样的错误。

　　智美越想越觉得不对，终于忍不住拿起了桌上的无线电话。现在是晚上十点，这会儿打电话还算不上太过失礼吧。

　　她照着信尾附的号码拨了过去。等待电话接通时，一个念头忽然浮上脑际——难道这是典子整容之后的结果？倘若真是如此，问得太紧也不妥当。

　　这不可能，智美随即便打消了这个念头。典子算是个美人，根本没有整容的必要；就算整容，也绝不会变得如此面目全非。

　　拨号音响了两三声。智美等着电话那端传来典子那明朗的声音，然而却始终无人接听。

　　——大概是出去了吧？

　　买个留言电话多好啊，智美嘟囔着放下听筒。

　　次日，智美一从公司下班便给典子打电话，却依旧无人接听。

　　随后的两天，智美猜想典子可能老是在晚间外出，便在白天偷偷地从公司打电话过去。然而，依然如石沉大海一般。

　　智美担心起来。电话没人接倒还有情可原，可照片一事却着实令人毛骨悚然，百思不得其解。

　　她想和典子的娘家联系一下，问问情况，却又不知道对方的电话号码和住址。

　　——啊，真伤脑筋呐，这可如何是好呢？

　　智美又把信读了一遍，在"如果抽得出空来，还请到我家来玩"这行文字上注目良久。

　　——事已至此，我就走一趟算了。只可惜这会儿不是旅游的好时节。

她看了看墙上的挂历。明天是九月二十三日，星期五。

2

智美从羽田机场乘飞机至小松机场，再从小松车站乘电车到达了金泽，全程不过花费一个半小时而已。这倒是一条极为适合单身女性的旅行路线呢，智美暗自思忖。她在学生时代也曾独自来过这里。当时，沿途常有青年男子前来搭讪。有些人装出一副若无其事的模样，问一些"你从哪儿来呀？""你是一个人吗？"之类不着边际的问题。也有人比较露骨，直接邀请她一起玩，还想让她上自己的车。甚至还有人说"我知道五木宽之[①]常去的那家咖啡馆，不如带你去转转吧"之类的，惹得智美忍俊不禁，真想回说一句：你又不是早稻田大学的学生，跟五木宽之扯得上什么关系？却又忍了下来，只淡淡地说了一句："我没什么兴趣。"便一口回绝了。话中之意其实是，我对你这个人也没兴趣呢。智美至今仍依稀记得那男子惨遭拒绝的可怜相。

到达金泽车站时刚过十点。要是在往常，这该是取稿的时间呐，智美心想。昨天深夜她给社长家打电话，提出要休几天假。光头社长似乎很少能在公司以外的场合和年轻女性说上话，非常兴奋，"好嘞好嘞"地答应得十分爽快。

这会儿就去旅馆办理入住手续似乎稍嫌早了一些，智美便将行李塞进投币式行李存放柜中，向出租车扬招点走去。"我想去这个地方。"她说，把信上的地址给司机看。"这是在玄光院旁边

[①] 日本作家，毕业于东京早稻田大学。编者注。

吧。"司机说。智美也不清楚，随意答应了一声。

铺设美观的大道笔直向前延展，道路两侧高楼林立，行人的打扮也与东京没什么两样。不同的是，在这里经常能与神社和古代武士家的宅院等名胜邂逅。智美虽然很想趁便好好游览一下，却还是决定先去典子家拜访。

从犀川①边上驶过，又在狭窄的坡道上曲曲折折地行驶了数分钟后，出租车放缓了速度。

"就是这附近了。"

"那就在这里停下吧。"

智美下了车，朝四下望了望，只见周围都是古旧的木制建筑。一名中年妇女正在家门口晾晒衣物，智美礼貌地微笑着上前问路。

虽然中年妇女解释得含混不清，智美还是顺利找到了目的地。那是一座二层公寓楼，每层各有四户住家。房子似乎是新造的，墙壁白得耀眼，但在传统日式建筑的包围下，还是显得颇为简朴典雅。

典子夫妇的家在二楼最靠里侧的位置，门牌上刻着"山下昌章　典子"的字样。智美连揿两次门铃，只听屋内传出"叮咚叮咚"的声音，却不见有人出来应门。

——真的不在家吗？

智美查看了一下信箱，并没有报纸堆积。这大概是因为主人要长期外出，所以事先和邮递员打好招呼的缘故吧。又或许是两

---

① 金泽被称作日本的阿尔卑斯山，两条河流贯穿其间，分别为犀川和浅野川。编者注。

人刚刚喜结良缘，还没来得及订报呢。

　　智美正在不知所措之际，忽然听到有人上楼的声音。她回身望去，只见一名身材消瘦的男子走上台阶。他身着合体的深藏青色西装，梳着一丝不乱的中分头，很有旧时银行家的派头。

　　男子朝智美瞥了一眼，便转身掏出钥匙打开了典子夫妇家隔壁的房门。

　　"你好。"

　　智美出声招呼道。男子握着门把手朝她望了望。

　　"什么事？"

　　"请问您是住在这里吗？"

　　"是啊。"

　　男子的神色颇为警惕。智美大着胆子问：

　　"您知道住在这里的夫妇到哪里去了吗？"

　　"这种事情我怎么知道。"

　　男子粗鲁地回答。智美还是不死心，又问：

　　"那么您与这对夫妇见过面吗？"

　　男子的右颊猛然抽动了一下。

　　"这个嘛，他们刚搬来的时候到我家来打过招呼。"

　　"是这两个人吗？"

　　智美把那张照片从包里拿出来递给男子。他瞅了一眼便道："是啊，没错。"

　　"请您仔细看看，应该不是这个女人吧？"

　　"你这个人，到底想说什么？"

　　男子的表情变得十分凶恶起来。

　　"没什么。那个……打扰您了，真是对不起。"

男子走进屋里，粗暴地把门关上。

——这，这究竟是怎么一回事？典子啊，你到底做了些什么？

智美茫然地走下楼梯。恰在此时，一块写着"招租 河原房地产公司 敬请致电×××"的告示牌进入她的眼帘。

3

这家房地产公司坐落在面向犀川的大道上。玻璃窗上也与别处一样贴满了房屋介绍广告。

架着眼镜的中年老板听智美讲述了自己访友不遇，又无从知晓其他联系方式的遭遇，颇为同情地替智美调出了山下夫妇的资料。按规矩自然是不能随意向外人泄露业主资料的，但老板似乎正闲来无事，意外地亲切。

他很快就帮智美查到了山下昌章的单位，以及作为购房担保人的典子父亲的住址。据老板说，昌章的父母都已经去世了。智美心想，不用伺候公婆的婚姻还真是不赖呢。

为了谨慎起见，智美又向老板询问是否与山下夫妇见过面。

"我只同山下先生见过面，没和太太见过。你问这个干什么？"

"没什么。"

智美说着，将两个联系地址抄在记事本上。

"你要和山下夫妇联系？"

等智美抄录完毕后，老板问道。

"是啊。"

"那你能顺便帮我问问他们想哪天给房门重配一把备用钥匙吗?"

"钥匙是吧?我记住了。"

老板可是帮了大忙的。智美干脆响亮地答应了一声,走出店来。

找到公用电话后,智美立刻给昌章的公司打了过去。这回运气不错,接电话的正是昌章本人,而且他似乎对自报家门的智美并不陌生。

听说智美特地来到金泽,昌章"啊"地一下叫出声来。

"我本来想见见典子,你们夫妇却都不在家,我就从房地产老板那儿问来了你公司的电话。"

"这样啊……其实典子今天恰好出门旅游去了,说是和朋友一起玩个三天两夜再回来。真遗憾呐,如果早知道你会来,怎么也能想办法让你俩见上面。"

"可是我昨天就打过好几次电话了,一直没人接呢。"

"啊……是嘛。大概她回娘家去了吧,正好不凑巧没碰上。"

撒谎,智美心想,而且演技拙劣得很。

"我想和典子联系。"

"这个嘛,我也不知道她今晚会住在哪儿啊。"

"那就请你把与她同行的朋友的名字和住址告诉我。"

"这个我也不清楚。那个……我正在工作,咱们就说到这儿吧。典子一回来我马上让她跟你联系就是了。"

心知再问下去也只会听到更多的谎言,智美只好简单地说了一句:"那好吧,麻烦你替我向典子问声好。"便挂断了电话。

"真是的,怎么是这种人啊!"

智美在电话亭中不满地嘟囔了一阵,又给典子的娘家打去了电话。接电话的是典子的母亲,她对智美也挺熟悉。智美先说了一通恭贺新禧的客套话。

"多谢你啦。他们两个连婚礼都没办,真是太失礼了。"

"没这回事,请您不要放在心上。我倒是想请问您另一件事:典子在您那儿吗?我刚到金泽,本来想去看望她,她又不在家。"

典子的母亲似乎非常困惑,沉默了好一阵子。智美顿觉一种不祥的预感涌上心头。

"那个……那孩子大概出去旅游了吧。她这么跟我说过。"

"旅游……去了哪里?"

"这个我倒也没多问。让你远道而来却白跑一趟,真是对不住了。"

"您别这么说,我只是恰好有公事在身,顺路过来看看而已。"

走出电话亭,智美环抱着胳膊,俯视着犀川的流水滔滔。

——典子,你到底上哪儿去了?不管你去了哪里,别存心给我出谜题啊!

那张照片,就是一个难解之谜。

呆站着也无济于事,智美一边漫步一边思索着接下来的行程。这一带叫做寺町,顾名思义,是一个庙宇众多的地方。她对观庙向来兴味索然,便步入土特产专卖店,迅速扫视了一眼摆放得密密麻麻的九谷烧茶碗和花瓶,发现价格也并不怎么便宜。

店里还出售忍者形状的玩偶、掏耳勺、挠痒耙等等,琳琅满目。智美不解,问老板娘为何此处专卖与忍者有关的商品。老板娘回答说,这是因为前方有一座俗称忍者寺的著名寺庙的缘故。

"在那个寺庙里很容易迷路，常会转得晕头转向呢，可有意思了。你一定要去玩一趟啊！"

老板娘热情地推荐道。智美却提不起兴致来。再说，一个人去玩也挺害臊的。

在附近的小吃店用了便饭，智美返回车站取了行李，随后便住进了旅馆。这时已是下午四点了，她从大清早奔波到现在，早已腿酸脚软，一头倒在房内的单人床上。

——明天到兼六园、石川近代文学馆，还有武士家宅附近去转转，再买点土特产什么的带回去吧，怎么着也算来过这里一趟了。

原本自己是因为担心典子才到这里来的，却连本人都没见到。老觉得典子出了什么事吧，她的家人又说她只是外出旅游去了。

——她当真是去旅游了吗？难道谁也不曾撒谎，那张照片也只是搞错了不成……

不对，事情绝对没有这么简单。即便是外出旅游，也没有不对任何人交待出游地点的道理。而且，将他人的照片寄给朋友这样的举动，无论如何也无法以常理度之。更叫人疑惑不解的是，隔壁那个男人居然还说照片上的女人正是典子。

"真是想不通啊！"

智美苦恼地搔搔头。

入夜以后，她往自己家里打电话，查看电话留言。在外旅行时，她天天如此。

有几条工作方面的信息，还有询问是否需要办理信用卡的广告留言。

"我的卡已经够多的了。"

智美嘟哝了一句,等待下一条留言——

"你好,我是典子啊!我正在东京,可惜你不在家,真是太遗憾了。下次有机会再见面吧。"

4

智美打了一大圈电话,终于在曜子那儿得到答复,说是白天和典子见过一面。曜子也是大学里的同学,早就结了婚,如今正在专心做她的家庭主妇。

"她今天给我打电话来着,我们就在涩谷见了一面。她到东京来也没什么要紧事,只说事情已经办妥,就想找老朋友见面聊聊天。"

"你们说了些什么?"

"就随便聊聊呗,不过挺开心的。"

"她没说什么特别的吗?关于丈夫什么的。"

"丈夫?我的丈夫?"

"典子的。"

"啊?!"

曜子像鸟一样尖叫一声。

"她不是还没结婚吗?"

这回轮到智美讶然了。

"你连她结婚的事都不知道啊?"

"典子又没告诉我。再说,在你们俩面前,婚姻不是禁忌话题嘛。"

智美心头火起,又赶紧忍住,接着问道:"那么典子提过和你分手之后她会去哪儿没有?"

"让我想想啊。她没说啊,还说自己也不知道今晚该住哪儿呢。"

智美听了这话,吓了一跳。典子给自己打电话,不会是想今晚借宿在自己家里吧。

"我说曜子啊,你帮我个忙好吗?"

"什么呀?"

曜子用息事宁人的口吻问道。

"我想请你帮我找到典子。她这会儿多半还在东京,说不定正借宿在谁家里呢。你帮我向朋友们打听一下行不行?"

"这是为什么?"

"我必须马上跟她联系上。拜托啦,帮帮忙,原因以后再跟你慢慢解释。"

"那你自己找她不就成了?"

"我就是不方便才来拜托你的嘛。我现在人在金泽,电话簿也不在手边,联系朋友挺困难的。曜子,求你了。"

"……嗯,原来你在金泽啊。"

曜子也真沉得住气,像什么事都没发生似的。沉默片刻,她又说:"以后真的会把来龙去脉都说给我听?"

"一言为定。"

智美回答。曜子这才叹了口长气,说道:"真拿你没办法。那好吧,把你那边的电话号码告诉我,我找到典子以后就通知你。"

"麻烦你了。"

智美报上旅馆房间的电话号码,又问:"典子的脸看起来怎么样?"

"脸?嗯,好像瘦了点。你问这个干嘛?"

"哦,没什么。那就拜托你了啊。"

智美放下电话,喘了口气。

说不定典子只是为了散心才到东京去的。这样一来,昌章和典子的母亲便都没有撒谎。如果是这样就再好也没有了,智美心想。

然而,照片之谜悬而未决,典子不告诉曜子自己已经结婚的举动更是令人费解。这理应是迫不及待地想与老朋友分享的中心话题啊。难道是典子有意隐瞒?而这又是为什么呢?

——总而言之,现在只能等待典子的电话了。智美面朝着宾馆的电话机,双手合十。

可是,这天晚上电话铃并没有如愿响起。

次日清晨,电话终于来了。智美前夜睡晚了,还没起身:"哪位?"

"智美吗?是我,典子。"

智美从床上一跃而起:"我找你好长时间了!"

"是啊,咱们总是擦肩而过呢。"

"典子,我有事想问你。可能也没什么大不了的,但我就是放心不下。你寄给我的那封新婚喜报可是有点蹊跷呢!"

"新婚?"

典子的声音沉了下去,随即说道:"智美,你怎么知道我结婚的事?"

"嗯?你不是给我寄了封信吗?信里说的。"

"信?"

顿了顿，典子接着道："我没有寄过什么信。"

"这……"

两人一下子都说不出话来。智美握着听筒的手渗出了汗水。

5

十一点过五分时，典子出现了。智美起身朝她挥挥手，典子也立刻发现了她，走了过来。

典子从羽田机场打来电话，说自己本来也打算今天回来。两人便约好十一点在宾馆一楼的小吃店见面。

"真是好久不见了呢，你怎么样？"

"就那样，还在那家小出版社干着呢。"

两人交谈了一阵彼此的近况以后，典子开始谈正事了："智美，你刚才说……"

"对了，那件事。"

智美把信和照片一起放在桌上。典子看后，睁大了眼睛。

"你怎么会有这些东西？"

"我不是说了嘛，是你寄来的。"

智美滔滔不绝地把自己对这封信的疑虑，以及因为担心典子而四处奔走的经历讲述了一遍。

"这不是我寄的啊，"典子摇着头，"信倒是我写的。"

"嗯？这是怎么回事？那这信究竟是谁寄出的？"

"我想大概是那家伙吧。"

典子侧过脸来，向智美耸耸肩，一脸不屑。

"不会吧,那你先生可真是个冒失鬼哟,居然把不相干的照片附在信里。"

"我怎么知道他是怎么想的?他脑袋里转的那些念头,我总是弄不懂。"

她说着,咬住嘴唇,大眼睛开始湿润充血。

"典子……出什么事了?"

智美问道。典子用两根手指把照片拎了起来:

"这女人可是我丈夫的前女友呢。不对不对,他们俩现在还好着呢。"

"……这是怎么回事啊?"

"这女人居然带着这张照片跑到我家里来了。"

典子说的事可以追溯到上周五。那天傍晚,突然下起雨来,她一边聆听着雨声,一边给智美写信,连收信人的姓名和地址都填好了。就在这时,那个女人上门来了。她自称堀内秋代,说是在学生时代曾多蒙昌章照应,恰好有事来到附近便想登门致谢。典子略微有些惊讶,但还是将她请进屋里。秋代一开始还说些客套话,后来竟突然把那张照片摆到典子面前。

"那女人说什么昌章本来就是要和她结婚的。因为怕拒绝我会让他在公司里不好做人,所以才被迫和她分手的。还把昌章送她的金戒指拿给我看呢。"

典子翻了翻白眼。

"为什么不和你结婚他在公司就不好做人?"

"大概因为我爸是经理才这么说的吧。开什么玩笑,我爸又不是社长。再说了,明明是他跟我求婚的哟。那女人可真是无礼。"

"你和她也这么说了?"

"当然说了,可她就是不相信。"

这绝对不可能,秋代说。昌章到现在还爱着我,只想跟你分手。典子气得半死,刚想把秋代撵出家门,电话铃却响了起来。是昌章打来的,说是下雨,让典子到离家大约一点五公里的野町车站接一下。

"所以我就让那女人在屋里呆着,自己到车站接昌章去了。我倒要听听他有什么话说。结果这家伙一听说那女人找上门来,脸一下子就青了。"

强压着想骂昌章一句"可怜虫"的欲望,智美委婉地劝道:

"他可是个老实人,不会撒谎的。快说快说,接下来怎么样了?"

"后来啊,等我们回到家里,那女人却已经不在了。"

"这是为什么?"

"大概是回去了吧。"

"嗯……这样啊。"

智美泄了气,顿感浑身无力。

"但我可不能就此罢休啊,就盘问他跟那女人到底是怎么回事。这家伙开始还支支吾吾地想骗我,后来总算说了实话。原来他们俩以前是以结婚为前提交往来着。"

"但最后还是分手了吧?"

"他是这么说的。可是我仔细揣摩他的言中之意,两人直到现在好像还常常见面呢。"

"哇,真是个卑鄙的家伙啊!"

"就是嘛,就是嘛!"

典子突然挺直身子,紧握拳头,把胸脯拍得砰砰作响:"我实在气不过就从家里跑出来了,星期五晚上就回了娘家。"

"原来是这样啊。怪不得你家的电话老是没人接听呢。啊,那你先生也不在家吗?"

"他那个人每天都加班到深更半夜,不超过十二点才不会回来呢。"

"啊,原来如此。"

说起来,典子也确实在信上告诉过智美,丈夫是个工作狂。

"但我现在回想起来,他哪是加班啊,多半是和那女人在约会吧。"

智美心中暗暗赞同,却也不好说出口,便又问道:"你是什么时候到东京去的?"

"星期四,我想换换心情来着。但主要目的还是想物色一份新的工作。我把这边的公司也辞了,还准备和那人分手,就不想再住在这儿了,打算着搬回东京去。"

"好极了,这可是个好主意。我们俩又可以一起快乐地生活了。你找到称心的工作没有?"

"唉,条件总是对不上啊。这年头找工作可不容易,所以才想找智美你商量商量嘛。"

"好嘞,我随时奉陪。但我们还是得先把这件事弄明白才行啊。"

智美用指尖点了点信和照片:"我们得问问你先生干嘛要这么做。"

"也是……"

典子托着腮踌躇了好一会儿,终于把手"啪"地一声按在桌上,"智美,咱们现在就一起到我家去吧。这回一定要把许多事情都做个了结。"

"我当然陪你一起去了。"

智美半是关心朋友,半是想去看场热闹,重重地点头答应。

6

"你那个邻居也挺古怪的呢。"

和典子一同回去的路上,智美想起了昨天的事。那名男子一口咬定照片上的那对男女就是山下夫妇,智美对此颇感不解。

"那就怪了,我和隔壁那个人又没见过面。刚搬来的时候是我丈夫一个人去跟邻居打招呼的。"

"嗯。"

那个男人可能只是随口答应一声吧,智美心想。

快到公寓了,典子的脸上逐渐流露出惊慌的神色,脚步也缓了下来。她刚才已经给昌章打过电话,说是一会儿就回去。

"喂,快走吧。"智美催促道。典子轻轻地"嗯"了一声,走上楼梯。

她没掏出钥匙开门,而是摁了摁门铃。昌章出来开门,有些勉强地笑道:

"你这是干嘛呀,直接进来不就行了嘛。"

典子面无表情地进了屋,智美说了一句"打扰了",跟在典子身后。

典子的家是标准的两居室结构。一进门就是厨房,里面有两个十平方米左右的房间。虽然家里收拾得干净整洁,但随处可见的蝴蝶标本的确让人有些毛骨悚然。典子和智美并排坐在摆放着一张矮桌的房间里，昌章坐在桌子的另一侧。

"要不要请客人喝点什么？"

昌章望着典子说，她却低头不语。智美见状，只好客气地说了一句："不用麻烦了。"

"是嘛。"昌章脸上抽搐着浮上一抹笑容，屋内的气氛一时十分沉重。

为了打破僵局，智美拿出了那封信：

"请问这信是您寄给我的吗？"

他瞥了一眼，微微摇头：

"不是我寄的。"

"不是你是谁？"

典子总算说话了。昌章勃然变色：

"我干嘛要寄这种东西？这封信又是怎么回事啊？"

"信中附了这张照片。"

智美取出照片，放到他面前，又向惊讶不已的昌章介绍了一遍事情的前因后果。昌章听后，还是摇头否认：

"这绝对不是我干的。怎么会发生这种事情……"

"我知道了，肯定是那女人玩的把戏。她就是要故意找茬，是她干的！"

典子声嘶力竭地叫道。

"她不会那么做的。"

昌章说。听了这话，典子更加恼火了。

"智美，你听见了吧？口气那么亲热，他果然还跟那女人好着呢！"

"你说什么呢？这怎么可能呢！"

"那你们不是还经常见面吗?"

典子噙着眼泪,哽咽得说不出话来,智美便代为询问道。昌章苦恼地皱起眉头。

"她有很多烦心事,除了跟我分手以外,工作也不顺心,精神状态差得很,前一阵子还企图自杀,幸好没有生命危险。她打电话找我,说是见不到我就要去死,我只好跟她见面,仅此而已。我们坐在一起喝喝茶,聊聊天,她的情绪好像能稳定一些。"

"骗人,全是骗人的!"

"是真的,你不相信就算了。"

说着,昌章环抱着胳膊转向一旁。典子一个劲地哭个不停。

这可真是糟糕,智美心想。典子离不离婚她倒也无所谓,但这样下去可如何收场呢?

"我说,咱们还是先问问那位秋代小姐,是不是她把信寄出的吧。因为既然不是典子也不是山下先生的话,除了她之外再没有旁人可想了。"

昌章板着脸陷入沉思,终于认可了智美的意见,点点头站起身来。

"就照你说的做吧。这样下去,我也洗刷不了冤枉呐。"

说着,他就走到厨房打电话去了。智美取出自己的手帕给典子擦掉眼泪。典子抽泣着说:"你看,过分吧?"智美也不好接口,只好支支吾吾地"嗯"了一声,鼓励她道:"别难过了,如果你到东京来,我一定给你介绍一份好工作。"

"那就拜托你啦。那可得是月薪二十万以上,每周有两天休假的工作呐。"典子哭着说。

昌章这一通电话竟然打了很长时间。智美侧耳细听,只觉谈话内容有些奇怪。

"是的……没错,好像是周五傍晚来的。……没有,我没见到,是我妻子……是,是这样……这会儿吗?啊,没关系,我住在……"

他挂断电话,回到屋内,不等智美开口询问就说道:"她失踪了,据说从上周五开始就下落不明了。"

7

一位四十岁出头的圆脸警察来到典子家,他身材矮胖,腹部脂肪堆积,把皮带箍得紧绷绷的。

昌章往堀内秋代家打电话时,就是这位桥本警官接听的。秋代的父母向警方报案,说是女儿已经好几天杳无音信了,他便来到秋代家进行调查。秋代一个人住,谁也不知道她是何时失踪的。自从上周五下班之后,就再没有人见过她。

"到目前为止,你太太可就是最后一个见到堀内秋代的人了。"

听完典子的陈述,警官话里有话似的说。一旁的智美真想反问一句,那又怎么样?可还是忍住了。

接着,警察又刨根问底地问了很多,几乎所有问题都牵涉到了隐私,典子和昌章夫妇却也只能心平气和地一一作答。

提问的矛头也指向了智美:"信和照片能给我看一下吗?"

智美递上前去,警察戴上手套,接了过来。

"让我拿回去研究一下,行吗?我们会物归原主的,这一点请你们务必放心。"

这还用说嘛，智美不快地想。但嘴上还是爽快地答应了。

其后，警察还致电警署叫来了几名鉴证科的工作人员，取走了三人的指纹。说是为了协助调查，用完之后会立即予以销毁。

"那个警察，不会是在怀疑我吧？"

警察们走后，典子说："他们肯定认为是我加害了那个女人，所以才会那样咄咄逼人地盘问我呢！"

"你别这么想。搞清楚事情的来龙去脉也是他们的工作嘛。"

"可是，连指纹都被他们取走了呢。"

"这也只是调查案件的例行程序罢了。其实，他们估计她大概已经……"

昌章说到这里突然顿了一下，才接着道："自杀身亡了。"

智美和典子都有同感，三人同时陷入了沉默。

"那我就先告辞了。"

智美边说边站起身来。典子也站了起来。

"等等，我和你一起走。"

"但是典子你……"

"别再劝我了。"

说着，典子挽住智美的胳膊，一起朝玄关走去。智美转头朝昌章望了一眼，只见他双眉紧皱，低头凝视着桌面，沉默不语。等她俩换好鞋，准备出门的当口，他却又突然叫道："智美小姐，请你至少把联系方式告诉我吧，否则警察问起来我也不好交代。"

智美斜着眼睛瞟了一眼典子，答了一声"好"。

当晚，订好商务旅馆的双人间之后，智美和典子到近江町集市附近的一家小饭馆用晚餐。这种饭馆提供一种服务：只要顾客在集市上买了鱼拿到这儿来，饭馆的厨师就给现做。

"你看我适合什么样的工作？我不太喜欢那种整天坐办公室的，最好可以四处走动走动。"

嚼着烤扇贝，典子问道。她酒量很浅，两杯啤酒下肚便有些醉眼朦胧了。

"嗯，是啊。"

智美啜了一口酒，支支吾吾地说，"我说啊，昌章也不像是在说谎呢。"话音未落，典子的嘴角便抽搐起来。

"为什么？"

"因为呢，那个叫秋代的似乎真的有些精神失常哦。看着前女友这个样子，他去关心一下、见个面什么的，也是人之常情嘛。"

"这么说，因为对方精神失常，就可以随便约会喽？"

典子瞪圆了双眼。

"我又没这么说。"

"我啊，真后悔没把他那些丑事给抖出来。什么外面有女人啦，偷偷幽会啦，我刚才不是都替他瞒着嘛。真讨厌，真讨厌！"

典子醉倒在吧台上。糟了，我怎么忘了这家伙会醉后失态这茬儿了？智美心想。吧台的酒保和其他客人都看着典子的样子小声窃笑起来。智美叹了口气，咬了一口已经烤过头的甜虾。

好不容易把踉踉跄跄的典子扶回旅馆，已经九点多了。智美让典子躺到床上，自己刚想去浴室冲澡，就接到了桥本警官打来的电话。

"金泽之夜过得还愉快吧？"

"挺有意思的。"

"那就好。我有一件事想问你。那张照片你给什么人看过？"

智美一一列举。

"原来如此，我记下了。有打扰之处，还请多多见谅哟。"

警官一口气说完便挂断了电话。他问这个干什么？智美撅着嘴把听筒放回原处。典子在一旁沉睡着，看上去心满意足。

次日早晨，电话铃声再次响起。智美不满地嘟哝着把毯子盖过了头。典子伸手过去接起了电话。

她三言两语就挂了电话，一把掀开了智美的毯子。

"你干什么呀！"

"不得了啦，智美，说是犯人被抓住了！"

8

智美和典子两人不明真相，匆匆忙忙地结账奔出旅馆，钻进了出租车。电话是桥本警官打来的，只说犯人被抓住了，让她们赶紧回公寓来。但对具体案情和犯人情况却只字未提。

两人来到公寓附近，发现周围的景象甚是热闹，好几辆警车停在路边。两人分开看热闹的人群朝里挤去，桥本警官迎了过来：

"啊，真是辛苦两位了，大清早的还要过来一趟。"

"警官先生，这到底是……"

智美问道，警官伸出手来打断了她。

"请你们听我解释。那个樱井已经坦白交代自己杀害了一名女性的罪行啦。"

"樱井……是谁？"

"就是住在山下夫妇隔壁的那个男人。"

"啊，是那个人？那被他杀害的女性是？"

"就是堀内秋代小姐。"

智美只"啊"了一声,便再也说不出话来,一旁的典子也僵立当场。

"我们还是进屋去谈吧。"

警官用大拇指朝楼上指了指。

三人走进房间,只见昌章坐在厨房的餐桌前,几名身着藏青色制服的警员正在里间走动忙碌着。

"怎么回事?"

典子向昌章问道。

"我们家好像就是杀人现场呢。"

"什么!"

"还是先坐下再说吧。"

警官催促道。智美和典子落了座,警官则站在一旁开始讲述事件的来龙去脉。

案情果然发生在那个星期五。樱井听到典子出门的声音,误以为房内无人,便偷偷溜了进来。

"他干嘛要偷跑到我家来?"

"这个嘛,是因为他看中了那些蝴蝶标本。樱井也很喜欢蝴蝶,根据他的口供,自从在你们搬家时看到了你先生的收藏,他就老打算着要把它们弄到手。一想到这些宝贝与自己仅仅一墙之隔,这家伙连个安稳觉都睡不成呢。"

"这大概是因为我的收藏确实与众不同的缘故吧。"

昌章说得沉痛,智美却清清楚楚地看到他的鼻翼得意地翕动着。

"那他又是怎么进来的呢?我可是把门锁好才出去的。"

"这个嘛,是因为那家伙去房地产公司付房租时,趁着老板没留意的当口,偷走了你们家的备用钥匙。"

"那个老板确实跟我们说过备用钥匙不见了的事,我还请他替我们重新配一把呢。"

智美也想起了老板对她的嘱咐。

"总而言之,就在樱井正挑选挂在墙上的蝴蝶标本时,堀内秋代小姐突然从卧室里走了出来。樱井大惊失色,怕她叫嚷起来被邻居听见,便掐死了她。这种胆小怕事的人经常会在慌乱和恐惧之中犯下罪行哦。"

警官说得若无其事,但智美仍然感到腋下冷汗直冒。

"事已至此,樱井早已顾不上蝴蝶标本了。他忙着处理尸体,还得给自己制造不在场证明。就在这个时候,信和照片引起了他的注意。"

当时,信在餐桌上,而照片放在那张矮桌上。他把信通读一遍之后,就和照片一起装进了自己的口袋。没和典子打过照面的樱井误将照片上的秋代当成了典子。

"樱井设法把尸体搬了出去,当夜便驱车来到犀川,把尸体埋在犀川水坝底下。目前警员们正在展开搜查,相信很快便能水落石出。次日,那家伙去朋友家玩,顺便把信寄了出去。他幼稚地以为这样一来,可以误导警方认为直到寄信的那天被害人仍旧活着,这样就算是给出门访友的自己提供不在场证明了。"

"这想法真可笑。如果失踪的真是典子,我会在周五就向警察报案的。"

"可是据樱井说,他很少看到山下家的男主人回家,所以才觉得自己的考虑万无一失呢。"

"都怪你啊,老是深更半夜才回来。"

面对典子的指责，昌章小声嘀咕了一句："是嘛。"

"以上就是事件的全部经过了。听上去好像很简单，但一旦哪个环节出了纰漏，就可能永远也破不了案。对樱井来说，寄出这封信真是一个致命的错误呢。"

警官简单地总结了一句，合上了记事本。

"请问，你们警方是怎么怀疑上樱井的？"

智美问，桥本警官点点头，解释道："我们发现照片上除了有你们三位和堀内秋代小姐的指纹之外，还有一些指纹来历不明。所以我昨晚才问你把照片给哪些人看过。听了你的话之后，我们从门把手和私家车上采到了樱井的指纹，果然与信纸和照片上的陌生指纹相吻合。于是我们今天一早便找到樱井对质，那家伙立即坦白交代了一切。"

警官挠挠头，又道：

"这次成功破案真要多多感谢诸位的配合。另外，还请你们看看家里少了什么没有，樱井倒是说他什么也没拿。"

"好的。"

昌章从椅子上站起身来，进屋查看蝴蝶标本去了。

"山下夫人也请看看家里少了什么贵重物品没有。"

典子一脸不快地直起身来："我家也就那个首饰盒勉强值点钱。"

"哇，真想看看！"

智美情不自禁地尖叫一声。

卧室的梳妆台上放着一个长方形的首饰盒。智美心想，也真是不小心啊，就这么随随便便地搁在外面。典子好像猜出了她的心思，说：

"这里面又没放什么值钱的东西。"

说着，打开盒盖，只见里面有一张白纸。"这是什么?"典子拿起观看，却又把什么东西掉落在地上。智美捡起一看，原来是一枚金戒指。

"这就是那女人的东西了。"

典子说罢，展开白纸，只见上面用口红写着：

"对不起。再会了。"

"她似乎是想在你们回来之前离开的。如果能再早一点走的话，也不会惨遭杀害了。"

智美说。典子沉重地点了点头。

那日傍晚，智美在金泽站乘上特快列车"闪耀号"，准备先前往长冈站，再换乘上越新干线返回东京。

"以后再来啊。下次一定请你吃饭。"

典子隔着车窗说。昌章也在一旁说："下回你再来做客的时候，我们就住上一套大房子了。"他们好像不愿继续住在曾作为凶杀现场的房子里，说是明天就赶紧另寻住处。

"你们一定要好好过哦。再有什么问题就跟我联系。"

"已经没事了。"

典子有些害羞地说。

列车开动了，站台上的两个人也渐渐从视野中消失了。智美终于安心地吐了一口气。

——这趟金泽之旅可真是风波迭起呢，连这里的风光都没来得及好好欣赏。不过嘛，这也算不了什么，以后还能经常过来呢。

可是，我起码应该趁便游览一下兼六园呐，智美心想。

 哥斯达黎加的冷雨

1

忽闻一声怪叫，两名戴着猴子面具的强盗猛然出现在我们面前。面具是橡胶制的，很像孩子们庆祝万圣节时戴的那一种。

正在郁郁葱葱的原始森林中艰难跋涉着的雪子和我陡然面对这等遭遇，连叫也叫不出来，只是瞪圆了双眼，僵立当场。

右侧那名身形更为壮硕的蒙面汉先朝我们跨出一步。他从被汗水和湿气濡得黏糊糊的T恤衫中伸出粗壮的胳膊，手里还握着一件黑乎乎的东西。我花了好几秒钟才认出那是一把枪。

那男人冲我说了句什么。但他说的不是英语，而且隔着面具，声音很模糊，我根本听不清楚，只好高举两手，并转头示意雪子也这样做，只见她已经摆出了举手投降的姿势。

大概要被他杀掉了，我心想。莽莽丛林之中，其他行人恰好路过的可能性基本为零。当然，也正因如此，这两名强盗才敢如此行事吧。

我感到自己的心脏像是漏跳了一拍，随即便加速鼓动起来。呼吸开始变得困难，冷汗也顺着脊背往下直流。事情发生得太过突然，体内的各个器官直到此刻才缓缓起了反应。

持枪男子又开始说话了。我从他含混的语音中隐约辨别出一个单词"down"，猜测他是让我们蹲下，便高举双手弓下了腰。男人连说了好几遍"down，down"，还在我背上狠狠搡了几下。

"他、他、他好像是让我们趴下。"雪子用颤抖的声音说道。

"好、好像是这样。"

我把挂在脖子上的照相机搁到一边，俯身趴在湿漉漉的草地上。雪子也把拿在手里的望远镜放下，趴倒在地。

另一名强盗手持大刀走了过来。这是要干什么？不会是要把我们的头割下来吧？那还不如一枪把我们毙掉来得爽快呢。不不不，我也不想听到枪声呐！我极度恐惧和紧张，不吉利的念头一个接一个从脑子里冒出来。归根到底，我们是没救了。我和雪子就要被杀死在这里了——

人们都说，在临死之前，此前的人生历程会像走马灯一般在眼前快速地一一呈现。然而这种奇特的体验却根本没有出现在我的身上。占据我脑海的，只有三个字："为什么"。为什么会在这个地方发生这种事情？为什么？为什么？

手持大刀的男子在我身边弯下腰，开始翻弄我的裤子口袋。只听一阵哗啦哗啦的金属碰撞之声，想必是租赁汽车和宾馆的钥匙被他抢走了。房门钥匙倒也罢了，车钥匙被拿走可就糟了，我心想。车的后备箱里放着价值上百万的照相器材，那可都是我费了好大工夫才搜罗来的。能不能请他们行行好把这些东西给我留下——性命垂危之际，我居然还尽在转这种念头，也真是财迷心窝。

那男子陆续把我们的护照、旅行支票、信用卡和钱包从口袋里摸了出来，还像完成例行公事一样摘下了我的手表。放在地上的照相机无疑也难逃此劫。这是我从朋友尼克那里借来的，如果可以活着回去，我还得赔偿给他呢。

接着，强盗开始向雪子进攻。但他只是随意翻弄了一下她的牛仔裤口袋，用扫兴的口吻嘀咕了一句"no money"就罢手了，连望远镜都没碰。

把想要的东西统统拿走以后，两名强盗把我们的双手和双脚用胶布捆了起来，还用脏毛巾堵上我们的嘴。他们看上去也极为焦虑，连连喘着粗气。事到如今，我反而松了口气，因为这一举动表明他们不会要我们的命了。

把我们绑好以后，一名强盗拍拍我的肩，连说了两句"ok"。

这是不是"别害怕，我们不会杀你们的"的意思？

两人终于转身离去了。过了一会儿，汽车引擎发动的声音远远传来，想必他们是打算驾驶着我们租赁的汽车逃走吧。

但就在片刻之后，一名强盗折了回来，大概是想确认一下我们是否真的动弹不得。当看到我们僵直不动的样子，他露出安心的神色，说了一声"bye"，便再度离去了。汽车引擎的声音响了一阵，渐渐消隐无声。

我转过头来，看向雪子。她和我一样，两手被反绑在背后，一脸的无可奈何，正用目光向我诉说着"为什么会碰上这种倒霉事"的困惑和恐惧。我的表情肯定也是如此。不过保住性命可比什么都强啊。

不知从什么时候起，雨开始淅淅沥沥地下了起来。灌进耳朵里的雨滴冷冰冰的。

我开始扭动着手脚挣扎起来，双脚竟然立刻恢复了自由。因为我碰巧穿着橡胶长靴，而强盗只是在长靴上裹了胶带。所以只要挣掉鞋子，胶带也会随之脱落。另外，由于我俯卧时把腰包压在腹部下面，所以也没被他们找到，里面还有少量现金可以救命。可见强盗们也惊慌得很，活儿干得毛毛糙糙的。

我站起身来，对雪子说："我去找人帮忙，你就先待在这里。"但嘴里塞着东西，只发出一些"呜呜呜"的声音。说完以后就反背着双手奔跑起来。

这里是一座叫做布拉利奥的国立森林公园，出了公园入口就是高速公路。入口处极为狭小，只是把树丛砍开一些，供游人勉强通过而已。我们遭袭的地点，就在离此大约二百米的丛林之中。

我走上公路，发现原本停在那里的租赁汽车果然已经不见了。我便站到路边，等待过往车辆。

不一会儿，一辆面包车驶了过来。我上蹿下跳地给司机看我反绑着的双手，脸上还竭力表现出求助的神色。但司机并没有停下，反而像撞见瘟神一样加快速度从我边上飞驰而过。

之后驶过的好几辆车也是如此，非但不停下，反而加速开走。要不是我及时加以避让，说不定还会被撞死呢。

事后我才得知，此地的一种犯罪手法就是先装出求助的样子把车拦下，上车以后立马翻脸变成强盗打劫，司机们对此都恐惧万分。

过了半响，我依然没能拦下一辆车，只能垂头丧气地回到雪子身边。她正在地上挣扎蠕动着，嘴里塞的东西已经吐了出来，但又不巧堵住鼻孔，阻住了呼吸，使她看上去很是痛苦。我看着她这副模样，突然觉得好笑，不由发出"呼哧呼哧"的含混笑声。

"你笑什么啊！"她愤怒地说，"快想想办法啊！我早就说过不想来这种地方嘛！"说着说着，她呜呜呜地哭了起来。

我赶紧跑到她身边坐下，互相帮忙撕开对方的胶带。折腾了二十来分钟，我俩的身体总算得到了解放。只是腕表被抢走了，无法判断现在的时刻。

"唉，真倒霉！"我瘫坐在地上说。适才被胶带捆住的部位火辣辣地疼。

"我还以为会被他们杀掉呢。"

"我也是啊。"

"这种地方我再也呆不下去了。我们快回去吧！"

"这个我当然知道。但我们怎么才能离开这个地方回宾馆去呢？"

"搭车呗。"

"可是车子都不肯停下来啊。"

"这是为什么？"

"我也不知道啊。"

我带着雪子走上公路，再次试图向往来的车辆求助。但依然没有一辆车愿意为我们停下。

"这些司机真是冷血啊！"雪子哭着说。

恰在此时，一辆巴士驶了过来。车身极为破旧，发出哐啷哐啷的声响，尾部还冒出阵阵灰烟。但即便如此，我们也像遇上救星一般。

"巴士应该肯停下吧。"

我们连连挥动双臂，车速却并没有放慢。我跑到道路中央，高举双手，巴士才总算缓了下来。

司机从车窗里伸出头来，黝黑的脸上满是怒容，用激愤的声音说着什么。我急匆匆地跑上前去，用断断续续的西班牙语不断重复着"强盗"和"救命"两个单词。雪子在一边夸张地哭泣。

也不知道是领悟了我的意思，还是雪子的演技奏效，司机终于让我们上了车。车上还有十余名乘客。他们起初都厌恶地瞪着我们，但听了司机的一番解释之后，便议论纷纷起来，还招呼我们坐到一张长凳上，无疑是在向我们表示同情。

"请问有哪位乘客会说英语吗？"我用英语问道，又用西班牙语把"英语"重复了好几遍。

人们都朝一位一脸寒酸相的大叔指指。他便抱着一个小篮子，战战兢兢地走到我们跟前。

"大叔，请问你会说英语吗？"我用英语问道。

大叔连连点头。

"请问这辆车是开往圣何塞的吗？"

圣何塞是哥斯达黎加的首都，我们住的旅馆就在那里。

大叔再次颔首。

"这下就没事了，只要回到圣何塞就能想出办法来。"我用日语对雪子说。

大叔把手伸进篮子里，掏出糖块似的东西递到我面前，好像要请我尝尝。我说了句"No, thank you."摇头谢绝了。从他和乘客们的交谈当中，我判断这位大叔应该是一个在公交车上兜售廉价点心的小贩，干这种买卖大概需要会几句英语吧。

巴士摇摇晃晃地在山路上行驶着。邻座的雪子又在嘟嘟囔囔地说："我们这回可真是倒了大霉啊!"而我只是垂头不语。

2

五年前,我被公司派往加拿大多伦多工作。我和妻子雪子听到这个调令之后欣喜万分,立马便在多伦多的北约克地区租了房子。

我们想赴海外工作的头一个理由是不愿在狭小拥挤的日本呆上一辈子。另外则是想去看看国外的珍禽。我从小就喜欢野生鸟类,甚至可以很自负地说,我几乎已经看遍了日本的鸟类。即使是山原秧鸡这样的稀有品种,我也曾有机会进行近距离地观察。因此我早已立志要好好看看国外的鸟类,好让自己耳目一新,增长见识。其中,加拿大更是我梦想中的国度,那里是大自然的宝库,珍禽异兽不计其数,就像一本自然百科大辞典那般丰富多姿。

话虽如此,刚到那里工作时,我根本就没有观鸟的闲情逸致。说不好英语,和下属难以沟通,大小错误接连不断。和客户谈判也常出纰漏,往往电话那头的客户已经有了怒气,我却浑然不觉,回话照旧含混不清,惹得对方更为恼火,最后导致谈判陷入僵局,搞得颜面尽失。那以后的好长一段时间里,我一听到电话铃声就打哆嗦。总而言之,我那时面临的最大问题就是语言障碍。

虽然我痛下决心努力学习,但也足足花了一年时间才能自如地与人交谈,两年之后方能在工作方面应付自如。对方说个笑话，我也知道其可笑之处了。可烦心事还是不少。比如，我始终搞不清楚秘书格蕾丝成天在想些什么，总是一个人呆呆地出神，回答我的问话时也是爱理不理的，好像大脑缺根筋似的。不过她倒也没出过什么大的差错。

"那是她自己的生活方式，可不能随便打乱，否则说不定会引起什么大麻烦哦。"一位熟悉格蕾丝的女同事这么对我说，我也就只好由着她去了。

除了格蕾丝以外，住在隔壁的塔尼亚巴先生也让我颇为挠头。自从他儿子经营的小杂货店被其他中国商人的生意挤垮以后，他就恨上了东亚人。不管我跟他解释多少遍日本人和中国人是不同的，这固执的老人就是不听。他还对日本的经济状况了如指掌，一旦我家的草坪长得稍稍越了界，他就要找上门来抱怨一通："你们有赚钱的时间，难道就没有打理草坪的时间吗？这一带除了你们家，还有谁家的草坪像野猫脊背一样乱糟糟的？"

即便有种种困难，我们也终于渐渐适应了海外的生活。这边的公司经常休假，我们就在加拿大各地旅游，寻找野生鸟类，有时也到欧洲去玩。

五年过去了，总公司发来传真，让我做好归国的准备。我们心中沮丧，却又无可奈何，便商量着在回国之前最后找个地方好好玩玩。

我对被称作自然王国的小国哥斯达黎加心仪已久，便提议去那里旅游。那儿有喙似香蕉的巨嘴鸟，还有一种蜂鸟，翅膀窄小，飞行起来却异常迅捷，我非得亲眼见见不可。

"那里的治安情况怎么样？"雪子问道。

我拍了拍胸脯："这一点你不必担心，好像非常安全呢。"

"好吧，那我们就到哥斯达黎加去吧。"

就这样，我们回国之前的最后一次旅行，就选择了这个位于中南美的小国。我兴高采烈地做着行前准备，和雪子一起去注射了小儿麻痹症、破伤风和黄热病的预防针，还喝了防止大肠杆菌和疟疾的冲剂。虽然手续繁多，但我只要一想到巨嘴鸟和蜂鸟便心平气和了。

昨天，我们乘了五个半小时飞机，从多伦多飞到圣何塞，在宾馆里过了一夜。今晨便来到旅客服务中心拿了一份周边地图，确认了国家森林公园的位置，并请宾馆帮忙租了一辆轿车。之后便意气风发地出发了。那个时候，我们根本就没想到，仅仅在一小时之后，就会落到路遇强盗，身无分文，被迫乘坐一辆破巴士的倒霉境地。

3

在巴士上摇晃了一个多小时，我却怎么也不觉得车子正在朝圣何塞的方向行驶。又过了一阵子，巴士在一个小镇的空地上停了下来，司机打手势让乘客们下车。我们下了车，只见空地上还停着一辆同样的巴士。

"我说，这是哪里啊？"雪子问。

"我只知道这里肯定不是圣何塞。"我说。

那个卖点心的大叔指着另一辆巴士对我们说："圣何塞，圣何塞。"好像是让我们乘上去。

"唉。"我叹了口气，"这里好像是和圣何塞相反的一个终点站呢。"

"啊？那就是又要乘上巴士，从原路返回了？"

"好像是这样呐。"

"呜呜——"雪子又摆出一副要大哭一场的架势。

其他乘客们纷纷围拢过来，大叔向他们解释了我俩的遭遇。虽然我听不懂他是怎么说的，但大伙儿都朝我们投来极为同情的目光。

一位老人不知道从哪里找来两个可乐瓶，在附近的下水道里弄了点水，递到我们跟前，嘴里还说着"水，水。"好像是让我们喝下去。

接过瓶子，我不由自主地咽了一口唾沫。瓶中的水呈红褐色，很是浑浊，片刻之间，瓶底上就沉淀了一些黑乎乎的东西。当地人大概还不要紧，外来者一喝下去估计就得拉肚子了。

"做出喝的样子就行了。"我用日语对雪子说，把瓶口凑到嘴边。老人好像因为对可怜的亚洲人做了一件大好事，很是得意，挺起胸膛重重地点点头。

巴士总算发车了。我打手势问司机现在是什么时候了，因为我认为他肯定知道准确的时刻。但问了半天也只得到一个"大约四点半左右"的模糊答案。

又随着破巴士颠簸了一个半小时之后，我们终于回到了圣何塞。我想找一辆出租车回旅馆，却没有一辆车从面前驶过。天渐渐黑了，路上的行人变得稀少，沿街卖小吃的店铺也纷纷打烊了。这下可糟了，我心中渐感不安，身后却突然传来一声招呼。回身看去，只见一辆警车正停在那里。

一名警察从车窗里探出头，用西班牙语对我们说着什么，好像是问我们遇上了什么麻烦。

这回总算运气不错，我心想，赶紧将事情的来龙去脉说了一遍。警察听完以后，打手势让我们坐在警车的后座上。

"这下终于得救了。"我和雪子对望了一眼，安心地喘了口气。

我还以为警察会把我们直接带回警局呢，没想到他开着警车在镇上不停地兜圈子，还不时停在路边，向行人说着什么。

"请问出什么事了？"我小心翼翼地与他搭话，却没有得到回答。

就这样过了一个多小时，警察又停下车来，同一位白人女性说着什么。那位女性身着紧身夹克衫，年约四十岁上下。她和警察交谈了几句以后，便上车来坐到我们身边，随后朝我们微微一笑，用英语问道："两位这是遇上什么麻烦事了？"我听到久违的英语，心下只感到万分亲切。

听了我们的讲述，她说道："那可真是不幸啊。"随后又用西班牙语向警察进行了一番陈述。警察应了一句，便发动了警车。

"接下来要去警察局。"那名女子说。

"他为什么不把我们直接带过去呢？我刚才明明已经讲过事发经过了。"

她听了这话，苦笑了一声。

"他可听不懂英语啊。但是看你们这副模样，也能大致猜出发生了什么事。所以才让你们先上车，再找个会说英语的人来当翻译，好明白你们的遭遇。"

"啊——"我浑身的气力都像是被抽干了。

"钱全被抢走了？"

"没有，这里还剩了一些。"我打开腰包，取出一个装有少量加拿大币的小钱包来。可钱包没拉上拉链，几枚硬币掉在地上。我赶紧去捡，那名女子也俯身帮忙。

"你们是从加拿大来的？"她看着硬币问道。

"是的。"

"我在加拿大有好多朋友呢。"她说着，把硬币放回我的钱包。

七点过后，我们终于到达了破旧的警局，此时距离我们遭劫已经过去了五个多小时。负责录口供的年轻警察若不是身着警服，简直就像一名在集市上卖可可的小贩。他有些漫不经心地听取了事件经过，大概是觉得经过那么长时间以后，很难再捉住犯人了吧。那位女性全程为我们充当翻译。从谈话过程中，我得知她是一名律师，此人虽然相貌不美，但对于我们来说，却如同神明一般。

过了大约三十分钟，我们录完了口供，警察又指着雪子说了句什么。准确地说，是指着她胸前挂着的望远镜说的。

"他问你们强盗有没有碰过这架望远镜。"女律师说。

"这个我不太清楚。"雪子说。

"为什么要问这个？"我问。

"可能会留下强盗的指纹，所以他想请你们先上交给警署。"

"那还是先上交吧。我们也搞不清犯人有没有碰过。"

听我这样说，她的表情有些复杂："虽然这是你们的自由，但我觉得还是不交给警方为好。"

"为什么？"

"因为他很可能就不还给你们了。"

我非常惊讶，朝那名年轻警官看去，只见他正贪婪地盯着雪子的双筒望远镜。我又朝女律师望了一眼,她露出一副"此地的警方就是如此"的表情。

"我想起来了。"我说,"他们没碰过。"

还是这样说比较好,她点点头,替我们翻译了。警察一言不发。

录完口供以后,警察用警车把我们送回了旅馆。女律师临走之际给我们留了电话号码,让我们有麻烦的时候再去找她。

八点半左右,我们终于回到了旅馆。我真想马上回房,一头栽倒在床上,但房间钥匙被抢走了。我们跑到大堂,服务员们看见我们满身泥水的狼狈相,无不惊讶地瞪大了眼睛。

这是一家日本人开的旅馆,一名日本服务员接待了我们。

"这种事儿可真不多见哪!"这名姓佐藤的服务员感慨道,"我还从没听说过有日本游客摊上这种倒霉事儿呢。"

"但我们遇到的可是真事儿。"雪子赌气似的说。

"嗯,那是,你们也不会拿这种事来开玩笑啊。但是你们怎么会孤身进那种林子呢,一般的游客可不会这么做啊。"

"我听说哥斯达黎加的治安还不错呢。"我说。

"这里确实是一个好地方。"佐藤立刻睁大眼睛,认真地说,"哥斯达黎加是中南美最安全的国家了,我们也非常希望多接待一些日本游客。你们碰上的事件绝对是例外。如果你们就此认为哥斯达黎加是一个混乱不堪的国家,我们可就为难了。"

他的口吻非常激烈,好像是生怕我们回日本以后大肆宣传似的。

我也懒得与他多费唇舌,只请他给我们换了房间。虽然那两名强盗不至于胆大包天地到这家旅馆投宿,但我们只要一想到房间钥匙在他们手中，就满不是滋味。

进了房间，我脱下衣服，一头倒在床上，真想就这样睡过去，但现在可不是时候。我让雪子先去洗澡，随后分别给信用卡公司和旅行支票发行机构打去电话，讲述了遭劫的经历，办妥了相关手续。

接着，我又拨通了秘书格蕾丝的电话。

"Hello。"听筒那端传来那个熟悉的沉闷而阴郁的声音。

"是我啊。"

"哦，是你啊，泰德。"泰德是我的英文名字。

听到我的声音，她的口吻没有丝毫变化，甚至更为懒散了。

我尽量简洁地把事情说了一遍，让她明天一早把我放在办公桌抽屉里的护照复印件传真到旅馆来。

"明天一早把护照复印件给你传真过去，好的。"她公事公办地说，对我们的悲惨遭遇一句也没有多问。我真怀疑她到底有没有搞清楚事态有多严峻。

把这些事务一一处理完毕之后，我撂下电话，只觉刹那之间便被巨大的疲惫所吞没了。我想起身冲个澡，但眼帘越来越沉重，终于什么也不知道了。

4

次日清晨，当我睁开眼睛时，看到雪子正打开我的腰包，把里面的东西都抖在桌上，好像在数我们还剩多少钱。

"还有多少？"我问道。

"大概还剩三百多美元吧。"

"嗯，有这些钱就足够了，咱们拿到银行去兑换一下吧。"

"喂，这是什么呀？"她说着，把一块小小的圆形金属板递给我。

"我也不知道啊。你从哪里找到的？"

"就混在这些硬币当中。"

"这个嘛……"我依稀记得在哪里见过这件东西，一时却想不起来，"这好像是什么零件吧，我记不清了。"

"总会想起来的。"雪子把这块金属板也放进了钱包。

我们在旅馆的餐厅吃了一顿最便宜的早餐之后，便来到旅馆的旅客服务中心，那名年轻的女负责人已经听说了我们的遭遇。

"我有个朋友是警察，就是他告诉我的。"她说，"我们这儿可从来没有出过这样的事情呢。"

"虽然大伙儿都这么说，我们可不敢再相信了呢。"我说。她颇为体谅地点点头。

经此事件，我们的日程全被打乱了。办好相关手续之后，我们走出旅客服务中心。与那两种珍禽恐怕是无缘相见了，我心想，但只要能平安无事地回到日本比什么都强。

随后，我估计着传真应该到了，便来到大堂的服务台询问，却被告知没有我的传真件。

"格蕾丝这家伙果然忘记了。"我不满地咋了一下舌头。

"那现在怎么办？"雪子问。

"没办法了，我们还是先到日本领事馆去吧，就说护照的复印件稍后就送过来。那个胖女人，脑袋不好使也就算了，还成天吊儿郎当的，真是个不会为别人着想的家伙啊！"我嘟囔个不停，和雪子一起走出旅馆。

我们到银行兑换了钱,打车来到领事馆。这里也和警署一样,破破烂烂的,比民宅强不了多少。

一进领馆,我们立刻得到了热情接待。那名工作人员肥墩墩的,脸庞滚圆,下唇突出,活像一只加拿大松鸡。我们还没张口,他就同情地说:"两位受苦啦!"想必警察局方面已经和领馆联系过了。

"我马上就为两位重新办理护照。"他说。

"可、可是我们的护照复印件还没送过来……"

我结结巴巴地说。他眨巴眨巴眼睛,递过一张纸来:"是这个吗?"那无疑正是我和雪子的护照副本。

"这东西你是从哪儿拿到的?"我惊讶地问。

"这是今晨从贵公司直接传真过来的,说是希望我们尽快办理相关手续,我们这才得知了事件的经过。您能拥有如此优秀的下属还真是叫人羡慕呢。"

听了这话,雪子扑哧一声笑了出来,望了望我的脸。

"你说的不错,"我说,"她办事周到,替我打理了不少杂事,还是一个充满智慧的美人呢。"

"真羡慕啊。"他又赞叹了一声。

听完我们的遭遇,他叹了口气:"我们这儿小偷小摸的倒也不少,抢劫什么的还是头一遭听说。"

"捉住犯人的可能性几乎为零吧?"我追问了一句。

"这个我也说不好。有一件事我觉得挺奇怪的,"他双臂环抱胸前,"犯人为什么要猫在那种地方呢?"

"不就是为了抢劫游客吗?"

"但那种荒僻的地方很少有人经过,难道你们以为犯人会在那里傻等？"

"这说的也是。"我和雪子面面相觑。

"就算犯人做好了打持久战的准备，"他接着说，"他们又怎么知道只有你俩孤身经过那里？万一在动手的时候，你们的同伴突然出现，可不就要坏事了嘛。强盗也不是傻子啊，会考虑到这些的。"

"你的意思就是说强盗早已瞄上我们俩了？"

"这个我虽然不能断言，但确实很有可能……你们在途中有没有发现被人跟踪？"

"没有啊。"

"是嘛。"这名工作人员歪了歪脑袋。从侧面看去，他那肥硕的头颈好像缩进了身体里面，和加拿大松鸡越发相似了。

"原来我们早就被强盗盯上了，真可怕啊。"走出领馆以后，雪子说。我也深有同感。

"他们怎么会选中我们俩呢？"

"大概因为我们是日本人吧。"

"所以他们就以为咱们是有钱人？"

"嗯。"

"真是的，又不是每个日本人都是大财主。"政府真应该好好对外宣传一下这一点呢，否则我们恐怕还得遭罪，我心想。

为了拍摄护照照片，我们按照领馆工作人员的指点朝一家照相馆走去。途中路过一座深宅大院，比领事馆堂皇多了。宅子外侧围着一圈铁栅栏，向里望去，只见两名戴着墨镜的男子正无所事事地在宽敞的庭院里闲荡。

"他们是保镖？"

"好像是这样。"

这一带的好几处民宅都在窗户上安装了铁栅栏，可见犯罪的黑影正在逐步笼罩这个祥和的小国。

我们来到那家看上去像一间小杂货铺似的照相馆，只见几台旧型号的照相机并排摆在那里，也不知道是拍照用的还是店里的商品。

一名身上裹着长布的中年妇女操着生硬的英语接待了我们。她按动快门的方式非常粗暴，照片的质量恐怕是难保了，我心想，但事到如今却也无能为力。

在她为雪子拍照时，我把店里的相机拿在手中端详了一下。好不容易来一趟哥斯达黎加，却没能拍下几张鸟类的照片，我心里总觉得不好受。但这会儿却连买一台照相机的钱都拿不出来了。

我恋恋不舍地看着相机，突然"啊"地叫出声来，掏出了钱包。

"怎么了？"雪子拍完照片，转头问道。

"原来这是照相机的纽扣电池盖啊。"我从钱包里取出她今天早晨发现的那枚圆形金属板。

"还真是的。"她也露出一副恍然大悟的表情，"是尼克那台照相机上的？"

"应该是吧。大概是掉下来的时候被我顺手放到钱包里去了。"我嘴上说着，心里却又觉得奇怪，因为我不记得自己曾经有过那样的举动。

照片要明天才能洗出来，不是立等可取的。

晚上，我从旅馆给加拿大的尼克打去了电话。一听到我的声音,他就说了一句:"看起来你们好像玩得挺不错嘛。"他好像已经从格蕾丝那里听说了我们的遭遇,这是在故意跟我开玩笑呢。"托你的福,总算是安然无恙啊。"我回了一句。

"那就太好了。安没事吧?"

"也就那样吧。"安是雪子的英文名字,"真是对不起啊,你借给我们的照相机也被抢走了。"

"哦——果然被抢走了。早知道这样,当初就不该借给你。这架相机来头可不小呢,想当年我的曾祖父和汤姆大叔合影的时候用的就是它,是想买都买不到的无价之宝啊。就算你想赔给我,我也不知道该问你要多少钱才合适,所以嘛,这回就放你一马喽。"他像开机关枪似的说了一长串,我报以苦笑。

"那可不行,我一定得找台差不多的相机还给你。"

"不用放在心上啦。刚才我是逗你玩儿呢,那玩意儿早就老掉牙了,有时候连快门都按不下去,纽扣电池盖也老是掉下来。"

"果然是这样哪。盖子还真是幸存下来了,我还给你就是了。"

"请你一定要还给我啊。我刚才还是没说老实话,其实这个相机最值钱的部分就是这个盖子了。"

"那你就把它存到金库里去吧。"我哈哈笑着挂上了电话。

5

次日,我们百无聊赖,想去附近的风景区看看,便又走进了旅客服务中心。那名年轻女性再次出面接待了我们,她眼中依然饱含同情之色。

由于我们所余钱财有限,她便向我们推荐了一个叫做卡拉拉的自然保护区,说是可以让小型巴士载我们过去,价廉物美。我们极欲借着出行散散心,便欣然同意了。

"再顺便给你们看一样东西。"说着,她把一份当地的报纸递给我们。上面有三周前一名英籍观鸟人遭袭的采访报道,犯人也是两名戴着猴形面具的彪形大汉。

"说不定就是抢劫我们的那两个人呢。"我对雪子说,"他们得手了一次,尝到了甜头,这才会对我们故技重施呢。"

"是啊。"

午后,我们乘上停在旅馆前的小型巴士,前往卡拉拉自然保护区。同行的旅客人手一台照相机,我们却只有一架望远镜。"说不定没有相机的时候反而会看到珍奇的鸟类呢。"雪子尽在一边说着这些不中听的话。

我看到邻座的一名体格强健的白人男子正在笨拙地往照相机里装胶卷,便对雪子说:"也不知道强盗们会怎么处理照相机里面的胶卷。"

"他们肯定随手扔掉了。"

"大概是吧。真是的,把胶卷还给我们也好啊!"

"这怎么可能呢。再说你不是还什么都没拍吗?"

"在碰上那两个家伙以前,我已经拍了两三张,还拍到好几只有趣的鸟呢。"

"是嘛,那也没法子啊。"

说着,雪子出神地朝窗外张望了片刻,忽然像是想起什么似的朝我转过身来,"拍照片的时候要不要用到纽扣电池?"

"那是当然哪,电池就是用来调节曝光和快门速度的嘛。"

"但那个时候电池盖不是已经掉下来了吗？难道电池还能用？"

"这……"我半张着嘴，愣在当场。

雪子说的没错。电池盖脱落的话，电池就会随之掉出来。在这种情况下拍照片的话一定会立即发现异常。既然我浑然不觉地拍了几张照片，就说明在那个时候电池盖并未脱落。既然如此，电池盖为何会在照相机被抢走之后留在我的钱包里呢？

"啊——"我和雪子同时叫出声来。我站起身冲司机喊道："停车！"

6

四天之后，我和雪子提着行李来到了机场。在服务台办妥了相关手续，我们正想喝杯咖啡打发时间，身后突然传来了招呼声。回头看去，那位叫做凯西的女律师正向我们走过来。

"太好了，总算赶上了。"她望着我们微微一笑。

"您是来送我们的？太感谢您了。"

"我可不希望你们带着对哥斯达黎加的恶劣印象离开这里啊。"

"我们也没觉得这里有什么不好。"我皱了皱眉，"这回只是运气不太好罢了。"

"那就欢迎你们再来这里玩一趟，也好转转运。"她笑着说，冲我们眨眨眼。

我们找到一处咖啡站，一边喝着咖啡，一边闲聊。

"钱的问题都解决了吧？"她问道。

"是啊，信用卡公司给了我一张临时卡，可以用一个月。另外,旅行支票虽然已经被强盗拿去兑现了,但发行机构方面发现签名的笔迹不同,就把钱退还给我们了。"

"那你们被抢去的东西呢?"

"我的照相器材都保了险,损失并不惨重。只要赔偿问朋友借的那架照相机就行了。"

"尼克的照相机啊。"她笑了笑,"多亏这台照相机才能找到破案线索呢。"

"所以还得额外向他致谢呢。"我说。

那枚电池盖为什么会在我的钱包里面呢——我和雪子绞尽脑汁,终于回想起我在警车里打开腰包,硬币散落在地的那一幕。电池盖应该就是在那个时候被当作硬币一起被捡起放入钱包的。这样一来就说明,电池盖早在我们上车之前就掉落在警车上了。

随后我们更进一步想起了当日被警察叫上警车时的情景。从警察的举动来看,他好像早就知道我们的遭遇似的。

我们给律师打电话谈了这些想法。她很快就领会了我们的言中之意,迅速与警方取得了联系。那辆警车立即被彻查,并从中找出了一节纽扣电池。那名警察一经讯问便爽快地坦白交待了。

根据这名警察的口供,他与那两名强盗相识于某个酒吧的一场赌赛。两名强盗赌输了,欠了他一笔债。两人没钱还债,正在为难,他便趁机吩咐两人帮忙监视单身游客的行踪。

那日,警察从旅客服务中心的那名女工作人员那里得知了一对从加拿大来的日本夫妇要去国立公园游玩的消息,便按照惯例告诉了那两名强盗,我和雪子便因此倒了大霉。

随后,两人回到警察那里,向他展示了抢劫得来的战利品。电池盖大概就是在那个时候掉落在警车之中的。按照那名警察的说法,他直到那时才知道两人当了强盗。本该立即将两人捉拿归案,但一想到提供被害人信息的正是自己,生怕沦为共犯,便动了隐瞒事件真相的心思。同时,他又觉得很对不起那对日本夫妇,这才开着警车找到我们,还把我们送回了旅馆。

"您觉得警察说的是实话吗?"我啜了一口咖啡,问道。

"多半是在撒谎吧。"她回答,"他们之间肯定有分赃的约定,这才会盯上你们。三周以前发生的那桩抢劫事件大概也是他们几人联手制造的。另外,我觉得他让你们乘上警车并非出于歉意,而是另有原因。其一,他想探探你们的口风,看看你们对于强盗的身份知道多少。其二就是想延后你们报警的时间,这才在小镇上一圈一圈地乱转呢。"

"原来如此啊。"

"可是,他怎么也没想到自己的这一举动反而成了致命伤,你们居然在警车里捡到了已经被抢走的照相机的零件。"

"更何况他还让我们遇上了您呢,他们也真是不走运啊。"

听了这话,她粲然一笑,露出一排雪白的牙齿:"真高兴听到你这么说。"

两名主犯把抢来的租赁汽车丢弃在机场的停车场里,就此消失得无影无踪。女律师估计警方追捕这两名犯人的积极性并不高,案子恐怕很难侦破。我在心中暗暗赞同。

登机时间到了,我们站起身来。

"请你们一定要再来玩啊。"她说。

"等运气好一些的时候我们一定过来。"我爽快地答应了,心中却泛起了嘀咕:这种地方哪里还敢再来第二次呢。

五个半小时以后,我们回到加拿大多伦多,精疲力竭地乘坐出租车返回住所。一路之上,熟悉的城镇从眼前渐次闪过,我从未感受到自己对这里竟是如此思念。

我们在公主大道下了车。庭院中芳草萋萋,砖砌的楼房美观整洁。我们终于到家了。

房门上贴着一张字条,上面用马克笔写着:

Welcome home Ted & Ann(欢迎回家　泰德和安)

那潦草的字迹无疑出自塔尼亚巴先生的手笔,可能是格蕾丝请他这样做的。我全身的气力在看到这张字条的瞬间突然消失殆尽,再也站立不住,蹲下身来。这时,身边的雪子忽然哇地一声嚎啕大哭起来。

解　说

西上心太（文艺评论家）

　　一九九七年九月二十七日，东京有乐町的读卖剧场热闹非凡。为了纪念日本推理作家协会成立五十周年，文人剧《怪人二十面相》即将在这里举行公演。我在开场前三十分钟来到了商场顶楼的剧院大厅，只见焦急等待开场的观众们排成蜿蜒的长蛇，一眼望不到尽头。想必还有更多的观众通过电视转播观看了这部趣味十足的剧中剧。

　　大幕拉开，推理作家们正在进行排练。剧本只完成了前半部分，演员也没有定下来。推理作家协会理事长北方谦三和大泽在昌争相扮演主角明智小五郎，提词员宫部美雪在两人之间调解得焦头烂额，现场一片混乱。剧本终于送到了焦虑不安的制片人井泽元彦手上。就在大伙儿摩拳擦掌，准备大干一场之际，剧本却又忽然凭空消失，只听远方遥遥传来怪人二十面相的长声大笑，震人心魄。以上就是这部文人剧的大要。演出阵容十分庞大，总共有四十二名"业余演员"参演。撰写脚本的辻真先先生费尽心血，为每一位"演员"都安排了最为适合他们的角色。

　　由于这是一出剧中剧，所以多位作家"演员"扮演的角色就是自己。然而却有两位作家出演的是自己小说中的人物。一位是北村薰，他扮演落语演员春樱亭圆紫，此人极擅破解潜藏于常识之中的谜团。另一位则是出演古今罕有、天下无双的著名侦探天下一大五郎的东野圭吾。

　　当日出现在舞台上的天下一大五郎身着苏格兰绒格子上衣，

头缠白色围巾,手持拐杖,望去气度不凡。天下第一侦探果然名不虚传,随口道出的只言片语便暗含玄机。长身玉立的东野先生气质温雅,平日相处时绝无"天下第一"的霸气,却将这一角色演绎得栩栩如生。不仅举手投足间深具功力,就连吐字发声也清晰洪亮,令我着实吃了一惊。东野先生在由光文社发行的《怪人二十面相全纪录》中谈到:"这是我第一次登上舞台。在上幼儿园时曾有过在儿童剧中扮演一只狗的机会,我却睡过了头,没能演成。让我这样的人背大段台词简直就是残酷的折磨。如果到正式公演的时候还是背不下来,我就只有使出小时候的法子了。"话虽如此,他的表演其实逼真而稳健,至为精彩。

当然啦,东野圭吾在小说创作上展现出了更为惊人的才华。一九八五年,年仅二十七岁的东野凭借小说《放学后》夺得第三十一届江户川乱步奖,一举登上文坛。该小说讲述了一起发生在女子高中的密室杀人事件。随后的姐妹篇《毕业》则描写了一起将七名大学生卷入其中的命案。这部作品的主角,大学生加贺恭一郎在其后的几部小说中由教师转行成为一名警察,成为东野系列作品中的重要人物之一。

由于东野初出茅庐时年仅二十七岁,所以他被理所当然地贴上了"青春推理小说作家"的标签。在接受《鸽子哟!》杂志(一九九七年三月号)的采访时,他曾如是说:"写作《放学后》时,我只有二十六岁,学校是我最为熟悉的世界,我觉得自己有能力把握校园题材。"但他本人对这几部初登文坛之作并不满意:"它们有时让我觉得羞耻,我只想将它们就此抛到脑后。"然而在我看来,这批小说的收官之作《学生街杀人事件》以青年的抑郁和抗争为主题,细致入微地描写了成长期的青年们面对未来的漠然与不安,以及他们那充满讽刺意味的日常生活。这是一部杰作,足以奠定东野在文坛上的地位。

此后,东野圭吾创作了大量风格迥异的作品,如描写古典芭蕾舞世界爱恨情仇的《沉睡森林》,以高山滑雪比赛为题材的《鸟人计划》,以大阪的平民住宅区为舞台的系列小说《浪花少年侦探团》等等,彻底摘掉了"青春推理小说作家"的帽子。近年来,他又撰写了《操纵彩虹的少年》、《平行世界的爱情故事》、《天空之蜂》等作品,在悬疑、科幻、社会现实派等多个领域均有所涉猎,创作道路越走越宽。

除此以外,在封闭空间中发生的连环杀人案件是东野圭吾自创作初期起便始终尝试不辍的题材,如《假面山庄杀人事件》、《雪地杀机》等等。上述由东野亲自出演的天下一大五郎是系列作品《名侦探的守则》的主角,这套作品布局缜密细致,情节环环相扣,给予读者破解密码一般的阅读快感。另一部重要作品《谁杀了她》则回归传统推理小说的模式。全书只有两名嫌疑人,一切线索均展现在读者面前,结尾却疑点重重,令人浮想联翩。

本书由曾在《小说宝石》杂志刊载的七则短篇小说构成。除了《新婚照之谜》以外,其余六则小说均以第一人称展开叙述。

我把自己的公寓借给同伴约会。某日清晨回家,却发现床上躺着一个素不相识的女人——《沉睡的女人》。

我被警察追得走投无路,闯进了"那人"家中。是他,是他那错误的判罚,害得我沦落到如今这步田地——《"让我再听一次你的判罚"》。

我的"工作狂"上司头部遭到重击,死在被反锁着的休息室当中,众人都认为是机器人失控所致——《至死方休》。

"我女儿宏子是你杀死的吗?"我掐住新婚妻子的脖子逼问道。到底是谁导致了宏子的惨死——《蜜月之旅》。

一本陈旧的照相簿勾起了十三年前的往事。我和佑介分头在东北地区旅行。我向佑介隐瞒了自己在一座灯塔之上遭遇的可怖而奇异的经历,他也来到了那座灯塔——《灯塔之上》。

智美收到了好友寄来的报喜信,信中所附的照片却是陌生人的合影。智美放心不下,来到朋友的故乡金泽市——《新婚照之谜》。

我和妻子在哥斯达黎加旅游时不幸遭遇强盗,险些性命不保,一枚不起眼的纽扣电池盖却帮助我们找到了真凶——《哥斯达黎加的冷雨》。

这七则故事虽然平白朴实,但生动紧凑,将短篇小说的优势发挥得淋漓尽致,足见东野在创作短篇小说方面也颇有心得。他始终保持着旺盛的创作动力,不断尝试崭新的风格和题材,其间必然充满了我们所难以想象的困难和挣扎。然而,作家的痛苦恰恰是读者的幸福。我衷心期待东野能够继续为我们带来激动人心的优秀作品。